梓 林太郎

男鹿半島 北緯40度の殺人

私立探偵・小仏太郎

実業之日本社

実業之日本社文庫

男鹿半島　北緯40度の殺人／目次

男鹿半島　北緯40度の殺人

私立探偵・小仏太郎

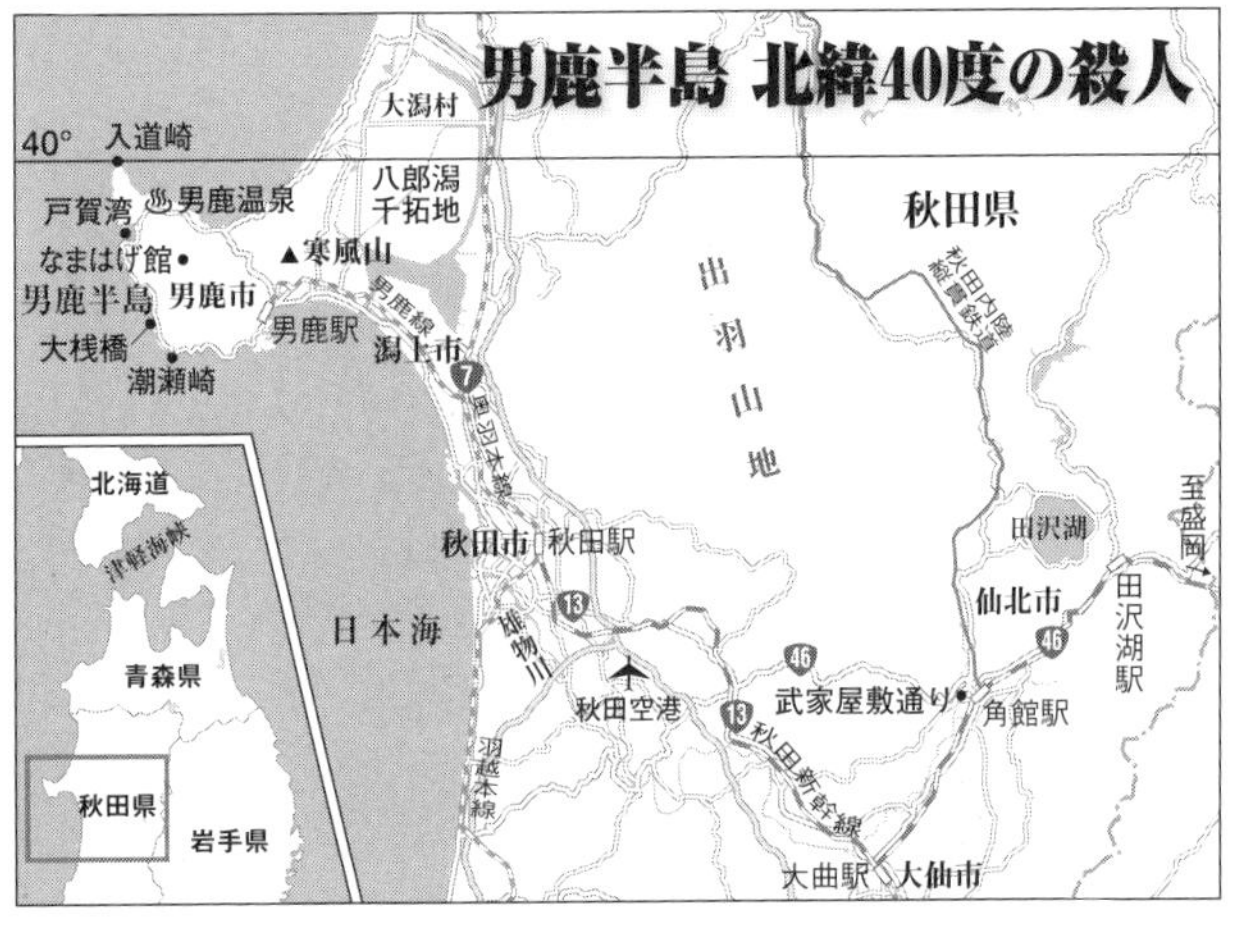
男鹿半島 北緯40度の殺人
大潟村
40°
入道崎
戸賀湾
男鹿温泉
なまはげ館
寒風山
八郎潟
千拓地
男鹿半島
男鹿市
男鹿駅
男鹿線
潟上市
大桟橋
潮瀬崎
秋田県
出
羽
山
地
秋田内陸縦貫鉄道
奥羽本線
北海道
津軽海峡
青森県
秋田県
岩手県
日本海
秋田市
秋田駅
雄物川
秋田空港
羽越本線
田沢湖
仙北市
至盛岡
田沢湖駅
武家屋敷通り
角館駅
秋田新幹線
大曲駅
大仙市

地図製作／ジェオ

第一章　雪の夜に

1

小仏探偵事務所にはなくてはならない存在の山田エミコが、里帰りした。

エミコは佐渡・相川の生まれだ。彼女の母は二十三歳でエミコを産んだが、彼女が四歳のとき、家出した。小規模の旅館を夫婦でやっていたのだが、そこへたびたび泊まりにきていた男と恋仲になって、駆け落ちしたのだった。母は男の住む東京へいったらしいが、父は彼女を追わなかった。四歳の女の子を抱えていったんは途方に暮れたが、旅館をたたみ、酒造所へ就職した。そして、エミコを家出した妻の姉にあずけた。そこは新潟市内で、エミコを引き受けた伯母は、彼女をわが子のように育てた。

エミコは二十歳になったとき、産みの母に会いたくなって東京へやってきた。伯母の親戚にあたる三ツ木今朝男を訪ねて、事情を話した。三ツ木は亀有の駅前で不動産業を営んでいた。エミコが、東京にいると思われる母の居所をさがしたいと訴えたので、三ツ木は、すぐ近くに開業したばかりの小仏探偵事務所を訪ねて、エミコの訴えを話した。

小仏は、エミコの母の所在を見つける調査を請け負った。それは、警視庁の刑事だった小仏が事務所を開設して初めての仕事だった。

数日を費やして、エミコの母の住所を小仏はさがしあてた。彼女にそれを報告した。彼女はすぐにでも母に会いにいくものとみていたのだが、気が変わったのか、母を訪ねようとしなかった。

エミコは、東京で働きたいと三ツ木に話した。小仏は三ツ木から、『使ってやってくれ』と、エミコを押しつけられた。が、彼女は控え目ながら献身的。『わたしは、少し遅れて歩く女でいいんです』といっているが、仕事ぶりを見ていると頭が下がるぐらいだ。

小仏はエミコに、年に一度は新潟の伯母に会いにいってこいといっているのだが、『はい』というだけで、帰省していなかった。

今度帰ったのは、伯母の体調がすぐれず、寝床から抜けられない日があるのを知ったからだ。

新潟で二泊したエミコは小仏に電話をよこして、

「もう一晩泊まって、あしたもどりますがよろしいでしょうか」

といった。

「もう一晩といわず、一週間でも十日でも伯母さんのそばにいてあげなさい」

「そんな。わたしをクビにしたいようなことをいわないでください」

エミコとのやりとりをきいていたイソこと神磯十三（かみいそじゅうぞう）が、

「エミちゃんには、やさしいんだから。おれにも一回ぐらい、三、四日、温泉にでもいって、からだを休めてこいっていってくれないかなあ」

と、両腕を天井に向けて伸ばし、大あくびをした。

「おまえは毎日が休日みたいなもんじゃないか」

「ひ、ひでええ。朝早くから夜中まで、コキ使ってるくせに」

イソはデスクを平手で叩（たた）いた。その音に反応したかのように小仏のデスクの固定電話が鳴った。

電話をよこしたのは、警視庁捜査一課の安間善行（やすまよしゆき）。

「小仏は、忙しいのか」

安間はきいた。

「いや、忙しいというほどではない」

「ちょっと相談したいことがある」

「なんでも、どうぞ」

「赤坂に竹仙(ちくぜん)という料亭があるが、知ってるか」

「知ってる。ひと昔前まで政治家がよく使っていたという店だろ」

「内緒話をしたいので、今夜、そこで」

小仏は了解の返事をした。イソにはどこで安間と会うのかはいわなかった。

「所長にはいい友だちがいていいよなあ。今夜はどんなところで会うの」

イソはガムを口へ放り込んだ。

「おでん屋だ」

「ふうーん。その店のおでんは黄金の鉢に盛られているんじゃないの」

きょうのイソは、四十代のある男が墨田区内ではじめようとしている事業の内容を内偵している。その男は上野(うえの)で貴金属の販売をやっていたが、紛(まが)い物をつかまされ、信用を失って会社を閉じた。次になにをやるかを一か月ほど考えていたらしいが、墨田区の一角にある倉庫を借りたという情報をつかんだ。どんな事業をやるのかはまだ分かっていないが、きょうは木製のテーブルをいくつも運び込んだという。

その男は行方不明になっていたが、イソが所在を突きとめた。その調査の依頼主は信用金庫だった。

小仏が安間と会うのは、午後六時半だ。小仏は赤坂見附(あかさかみつけ)で地下鉄を降りて、一ツ木(ひとつぎ)通りに向かって歩いた。雪がちらついている。花柄のストールを頭にかぶった女性が靴音をたてて、小仏を追い越していった。

料亭竹仙はビルの一階だ。以前は木造二階建ての風雅な家で、黒板塀に囲まれていた。その脇の道路には黒い車が何台もとまっていたものだが、いまとまっているのは宅配のトラックだ。料亭の建物はビルに建て替えられたが、入口は杉の木の柾目(まさめ)の鮮やかな格子戸が二重になっていて、平たい石を置いた上がり口から奥へとつづく廊下は飴色(あめいろ)に光っていた。

和服を着た三十前後に見える小柄な女性が、

「どうぞこちらでございます」

といって廊下を案内した。案内のしかたも躾(しつ)けられているらしく中腰で客の前を歩いた。

安間は、掘炬燵(ほりごたつ)式の和室で床の間を背にしていた。彼の前には、水辺で鯉(こい)がはねている絵のついた湯呑(ゆの)みが置かれていた。

「ご苦労さま」

そういった安間と会うのは三、四か月ぶりだが、

「少し、太ったんじゃないのか」

小仏は、安間の顔と胸と腹を観察した。

「分かるか」

「ああ。いまに顎の肉がたるんでくるぞ」

「それを家内にもいわれたので、気にしている。小仏は少しも変わらないが、なにか運動でもやってるのか」

「毎日、ろくなものを食っていないからだ」

二人はビールを飲んで、安間が本題を切り出した。

「以前、薬対（輸入薬物対策室）にいた宮口氏を知ってるだろ」

安間はグラスから手をはなした。

「何か所かの県警本部長をやって、警視庁本部の管理官になった人だな」

「そう。岩手、秋田、神奈川県警の本部長を歴任して、薬対の管理官から、現在は刑事部の管理官だ」

その人は宮口元也、五十二歳。ようするに安間の上司にあたる人だ。

「困りごとが起こった」

安間は、泡の消えたグラスに目を落とした。

小仏は黙って安間が話し出すのを待った。

「宮口さんには、愛人がいる」

安間はそういって咳をひとつした。警察の幹部として恥ずかしいことであると、腹のなかでいったようだ。

「愛人は、どういう人だ」

「西坂直美といって、いま二十五歳。二年前までこの赤坂のテクサスというクラブに勤めていた。音大のピアノ科出身だ」

「クラブでピアノを弾いていたのか」

「ホステスだった。音楽で生活するつもりだったらしくて、大学を出てあるバンドの一員になったんだが、バンドのメンバー内で揉めごとが起こった。それを見て、嫌になって、そのバンドを辞めたらしい」

その後、クラブのホステスとして働いた。そのクラブ・テクサスへ宮口元也が飲みにきて、彼女に好意を持った。彼女は宮口に寄りかかった。宮口の希望で彼女はホステスを辞め、現在はピアニストとしての独立をめざして、ある音楽家のレッスンを受けているという。

困りごとは直美の実家で雪の降る日に起こった。彼女の実家は秋田市だ。

雪の降る夜、直美の父は家へ帰ってこなくなった。

実家の西坂家は、直美の父真治と母民子と弟の康彦の三人暮らし。

民子は、木工所勤務の真治と市役所職員である康彦の帰宅を待って、台所に立っていた。が、高熱を出した。立っていられなくなったので畳の部屋で横になっていた。そこへ真治が帰宅した。彼は民子の額に手をあてた。その熱さに驚いて、かかりつけの医院へ電話した。症状をきいた医師は、民子を連れてくるようにといったが、真治は往診を希望し、医師を車で迎えにいくといった。彼は車をガレージから出して、医院へ向かったはずだが、医院へは着かなかった。真治が医院へ電話した三十分後、康彦が帰宅した。彼は二つ折りした座布団を枕にして横になっている民子を見て驚いた。

『お父さんは、春田先生を迎えにいってくれたが……』

と、民子はかすれ声でいった。

康彦は春田医院へ電話し、父は医院に着いたかときいた。電話には春田医師が出て、

『西坂さんは、まだ着かない。お母さんの具合はどうだ』

ときいた。

『赤い顔をして、口で息をしています』

と答えた。

それから十五、六分経ったが、真治は医院へ着かない、と春田医師が電話をよこした。

康彦は、民子を春田医院へ連れていくことにして、コートを着せ、彼女を抱えて自分の車に乗せた。

春田医師に診てもらった民子は、医院の暖かい部屋で一夜をすごすことにした。が、真治は医院にも着かないし、家へも帰ってこなかった。

まず、事故が考えられたので、康彦は朝になるのを待って、市長の家を訪ね、夜の出来事を話した。市長は、民子の症状を心配したが、春田医院に入院しているのを知って愁眉を開いた。だが、真治が帰宅しないことをきいて目を丸くした。

市長は、『事故だ。事故に遭ったんだ』といって、警察に電話して事情を伝えた。警察は消防署と連絡し合って、すぐに捜索をはじめた。近所の人たちも、真治の勤務先の人たちも捜索に参加した。

春田医院とは反対側になるが、旭川の流れがあるので川沿いも捜索された。だが、真治も彼が運転して自宅を出たにちがいない軽乗用車も見つからなかった。

何者かに連れ去られたことも考えられると警察はみたが、真治は不良性のある者や反社会活動をしているグループなどとの接触もなく、なぜ神隠しに遭ったように姿を消したのか、その原因は不明。それを康彦は東京の直美に伝えた。彼女はすぐ帰省し、民子を退院させた。

民子が発病し、真治が行方不明になったのは二月四日。その日の午後八時少し前、秋田県男鹿市の船川街道沿いのガソリンスタンドで真治は給油していたことが分かった。真治の車は脇本駅方面へ向かって走っていったことをスタンドの従業員が記憶している。彼はどうやら男鹿市に急な用事でもあったらしいが、民子にも康彦にもその理由はまったく分からないという。

「おれは、宮口管理官から、そっと相談を受けたんだ。最悪の場合、直美さんは東京へもどってこられなくなるかもしれない。それと真治という男はなんのために行方不明になったのか。彼がもしも、犯罪に関係しているようなことが分かったら、管理官の立場はまずいことになる。マスコミに直美さんとの関係を暴かれるだけではすまなくなるだろう」

安間は小仏に、あすにでも秋田へいって、民子と直美と康彦に会ってみてくれといった。

2

小仏は久しぶりに料亭料理を馳走（ちそう）になって、自宅兼事務所にもどった。

午後九時すぎなのに事務所には電灯が点（つ）いていた。シタジと呼んでいる下地公司郎（しもじこうしろう）が、伏せていた顔を起こして、

「お帰りなさい」

といった。きょうのシタジは、昼間は建築設計事務所に勤めているが、夜は六本木

のスナックでホステスをしている二十四歳の女性の身辺調査をしてきて、そのレポートを書いているのだった。

彼は四十一歳で独身だ。江戸川区松島のアパートに五、六年住んでいるといっている。もともと色白なのだろうが、肌色はよくない。眉は薄くて、一重瞼の目は細い。半年前のことだが、シタジはいきなり小仏探偵事務所へやってきて、調査員として雇ってくれないかといった男である。履歴書を用意してきていて、薄い鞄からそれを取り出して、小仏に頭を下げた。学歴は、東都文明大学経済学部中退。職歴は香月堂本舗、千風社、モンパリ社各勤務。

香月堂は有名な和菓子の店で、カフェを都内の何か所かに出店している。彼はそこで、スーパーマーケットやホテルへ菓子を売り込む営業員だったが、成績を挙げられなかったことから、辞めてくれといわれたという。

次に勤めた千風社は葬祭業で斎場も経営している業界の大手。そこでは葬儀の準備や火葬場への霊柩車の運転も経験したといった。千風社に勤務中に人の紹介を得て結婚したが、妻に、べつの業種の企業に転職してくれないかといわれ、十年勤めたそこを辞めた。その一か月後、妻から離婚をいい出されて、別れた。なぜ離婚したのかを小仏はきいた。すると『妻は、あなたの着た物を、干したりたたんだりしているうち、身震いがとまらなくなったといって出ていき、友だちの家から電話をよこして、「別れる」といった』という。

　最後のモンパリ社の業種を小仏はきいた。

『分かりやすく申し上げますと、「壊し屋」でした』と答えた。小仏が、『面白そうじゃないか』ときくと、

『はい、面白い仕事でした。恋愛でも、縁談でも、商談でも、ぶっ壊してしまうんですから』

『あなたには、その仕事が向いていたんですね』

『私もそう思っていました』

　だが、モンパリ社の社長は、仕事の依頼先である企業からあずかった多額の金を持って、雲隠れしてしまった。その社長がいなくなると、仕事はぴたりと入らなくなり、下地は二か月ばかり前に職を失ったのだといった。

　小仏は、四、五分のあいだ下地をにらむように見ていたが、何日間かアルバイトをしないか、ともちかけた。下地は細い目をいっそう細くして、白い歯を見せた。それがきっかけで下地は小仏事務所の正式な調査員になった。

　下地は、イソのように朝目覚めると、今夜カラオケでうたうつもりの曲目を考えているような男ではない。丁寧な仕事をする。そのぶん仕事を仕上げるのが遅い。レポートは諄いほど詳しい。しかし小仏は信頼できる仕事をしているシタジを買っている。

小仏事務所には忘れてはならないメンバーがいる。雄猫のアサオだ。十一月半ばの冷たい風が窓を叩いていた日、ドアポストに差し込まれている朝刊を取ろうとドアを開けたら、そこに茶色の縞の仔猫がいて、小仏の顔を見上げて一声鳴いた。逃げていかずじっとしていた。彼は一瞬迷ったが、そっと両手に包んで室内に入れた。猫は弱よわしい声で何度も鳴いた。うれしいのか寂しいのか、涙はこぼさないが泣いているのが分かった。

皿に牛乳を注いで床に置くと、音をさせて赤い舌できれいに飲んだ。親の置いてきぼりに遭ったのか。それとも、飼っていた人に飼いきれない事情が生じたので、捨てられたのか。兄妹はいたのか。いたならどうしたのか。それにしても小仏事務所のドアの前にいたのはどうしてなのか。そこなら飼ってくれるだろうと判断した人がいたのだろうか。

小仏は、パンにバターを塗ったのをちぎって、仔猫の鼻先へ差し出したが、食べようとはしなかった。牛乳で腹一杯になったらしかった。彼が朝食をすませ、新聞を読んでいる間、仔猫はもう何日も飼われているように、小仏の足元で目を瞑っていた。

エミコが出勤した。目を開けた仔猫は一メートルばかり退いた。彼女は、「あっ」といってしゃがみ、テーブルの下をのぞいた。

シタジが出勤した。仔猫はまたも退いて、シタジのようすをうかがっていた。

「猫を飼ったんですか」

「いや」

ドアの外にうずくまっていたことを説明しようとしたところへ、すき間風のような口笛がきこえてイソが入ってきた。

仔猫は壁ぎわへ逃げ、小さな目を光らせた。

「あっ、猫が。……所長、猫を飼ったの」

イソは仔猫を抱こうとしてか近づくと、猫は怯(おび)えるように逃げまわり、隠れる場所をさがしているようだった。

「猫を飼ったのは正解だよ。所長の仏頂面がゆるむかも」

イソだ。

一時間ほどすると仔猫は壁ぎわをはなれて、小仏の足元へやってきてすわり込んだ。身長一七九センチ、体重七六キロの男の足元がいちばん安心できる場所らしい。

イソが猫の名前を考えようといった。

「朝、ここへ飼ってくださいといってやってきた男の子なんだから、アサオがいいよ」

イソがいった。シタジも反対しなかった。

エミコは、飛び出すように事務所を出ていったが、十四、五分でもどってきた。仔猫用の餌を調達してきたのだった。

アサオは、エミコの顔を何度も見上げながら餌を食べ、それからは彼女の足にからみついたり、彼女の足元で毛繕いしたりした。エミコの判断では、アサオは生後三か月ぐらいだという。

イソは仕事を忘れてしまったように、アサオをじっと観察していた。彼は群馬県高崎市生まれだが、家には白と黒の大柄な牝猫がいて、六匹も子を産んだという。

イソはアサオを何度も呼ぶが、尻込みしているように小さくなって、エミコのそばをはなれない。

「母親には、この子を棄てなきゃならない事情があったんだろうな。おまえはここにじっとしていろ。ちょっと恐い顔をしたおじさんが、ドアを開けてなかへ入れてくれる、って母親にいわれたんだ。母親は近くで子どもがどうなるかを見ていたかも」

イソは独り言をいったが、アサオは眠り足りないのか、彼に尻を向けて目を瞑った。

3

小仏は秋田へイソを連れていくことにした。

イソは、飛行機でいくとばかり思っていたらしく、国内時刻表を開いた。

「ちょっと待て。西坂家は川元山下町というところだ。そこは秋田駅に比較的近い市の中心地らしい。……秋田空港からはかなりはなれている。新幹線でいくほうが便利じゃないか」

イソは飛行機が好きらしく、羽田から向かうほうが早い、といったが、東京から四時間弱で着く秋田新幹線を利用することを決めた。

イソは頬をふくらませ、

「いっそのこと奥羽本線に乗ったら」

と、下唇を突き出した。

「警視庁にいたころ、夜行列車で秋田へいったことがある」

「警視庁は新幹線を使わせてくれなかったの」

「まだ秋田新幹線が開業していなかったころだった」

「秋田へは、なにしにいったの」

「秋田刑務所で服役中の男に、ききたいことがあったので、面会にいったんだ」

「帰りも、夜行で……」

「いや。夜中に上野へ着く列車だった」

四時間足らずで秋田へいけるなんて、夢のようだというと、

「なんか、すげえじじいと話しているみたい」

そういうイソを、エミコはにらみつけた。

二月七日、小仏とイソは、東京を八時四十分に発つ秋田新幹線の「こまち」に乗った。

イソは東京駅のホームで弁当とお茶を買った。朝の食事をしてこなかったのだ。

「おれはたまに、幕の内弁当を食いたくなるんだ」

彼は旅行できるのが楽しくてしょうがないといっているようだ。

「自分の分は買ってきたが、おれの分にまでは気がまわらなかったんだな」

「お茶を飲みたかったの」

「たいていの人は、相手の分も買ってくるものだよ」

イソは黙って弁当を食べはじめた。

列車の座席は上野でほぼ満席になった。

大宮を出たところで、車内販売のワゴンが近づいてきた。小仏はコーヒーを一つ頼んだ。

「なんで一つなの。一緒に乗ってるのに」

「じゃ、二つ」

販売員の女性はくすっと笑った。

小仏は、大曲に着くという車内アナウンスをきくまで眠っていた。イソは天井に顔を向け口を半開きにして眠っていた。車窓に雪が降りかかっている。間もなく秋田に着くというアナウンスがあったが、イソは口を開けたままだった。小仏はイソの足を蹴った。イソは、現在、どこでなにをしているのかを考えているような顔をしていた。

レンタカーを調達した。雪が斜めに降っている。道路の両側には掻き寄せられた雪が山になっていた。

「西坂真治という人は、医師を迎えにいくはずなのに、反対方向へ走っていたんだね」

イソの頭脳は仕事モードに切りかわったらしい。

「大切な人が苦しんでいるときに、姿を消した」

小仏は助手席で首をかしげた。

「何者かに連れ去られたんじゃないかな」

「そうだな。もしかしたら、奥さんの病気を医師に診せることよりも、彼にとってはもっと重大なことが起こったんじゃないだろうか」

「奥さんを医師に診せてからでは、間に合わないなにかが起こった……」

イソは道路の端に車をとめて、カーナビを見直した。

西坂家は、秋田駅から西へ約二キロほどだ。川をまたぐと寺院がいくつかある一画を通過した。東京でもよく見かける日本酒の蔵元の前を通った。道路の角を二度曲がったところで西坂家に行き着いた。木塀のなかでは葉を落とした柿の木が風に鳴っていた。小仏が声を掛けると女性の声が応じて、玄関のドアが開いた。グレーの厚手のセーターを着た女性は若かった。細面のやさしげな顔立ちだ。

「直美さんですね」

小仏がいうと、彼女は驚いたような表情をしてうなずいた。

彼は、ここを訪ねることになった経緯を説明した。

彼女は小さい声で、「それはわざわざご苦労さまです」といって、小仏とイソを座敷へ通した。

格子縞のちゃんちゃんこを羽織った民子が座敷へ入ってきて、丁寧な挨拶をした。

「おからだのお加減はいかがですか」

「もう大丈夫です。最近になって、ときどき熱が出たり頭が痛くなるんです。お医者さんから大学病院で検査を受けるようにと、すすめられました」

直美がお茶を出して、民子の横にすわった。

小仏は、早速だがといって、真治がどうしていなくなったと思うか、と、二人にきいた。

「どうしてなのか、分かりません。春田先生を迎えにいったので、いまか、いまかって待っていたんです。こんなことは初めてです」

民子は着物の襟を押さえて、少し訛のある言葉で話した。

「奥さんの具合が悪くなった夜、ご主人の真治さんは、お医者さんを迎えにいったのに、医院とは反対方向の男鹿市内を走っていました。男鹿には知り合いか、いかなくてはならないところでもありましたか」

「知り合いが一人か二人はいたかもしれませんけど、からだの具合が悪くなったわたしを置いて、駆けつけなくてはならないところなんて……」

民子は俯いて首を振った。

民子も直美も知らないだけで、真治は重大な秘密を抱えている人だったのではないか。

「うちには、直美の弟の康彦もおりますが、今度のことはさっぱり分からないといっています。……家族も、仕事も放り出して……」

民子は両手を蒼ざめた顔にあてた。

「真治さんは、木工所にお勤めのようですが」

「はい。千秋工芸社という会社です。連絡もなく休んでいるものですから、なにかあったのかって心配して、社長さんがおいでになりました。なぜ会社にも連絡しないのか、わたしたちには分かりません」

千秋工芸社は家具や建具のメーカーで、従業員は二十人ぐらいいる。真治は年長の職人の一人で、若い従業員に技術を教えているらしいという。

小仏は、千秋工芸社の所在地をきいてノートに控えた。そこは自宅から一キロあまり西の川尻大川町（かわしりおおかわまち）で、社屋の屋根に大きい看板が出ていると民子はいった。真治は毎日、軽乗用車を運転して出勤していて、欠勤は年に一日か二日。持病もない人だという。

「奥さんは、真治さんの親しい友だちをご存じですか」

「親しい人といったら……」

民子はつぶやいて直美と顔を見合わせていたが、

「水川（みずかわ）さんといって、農業用機械の修理業をやっている人。水川さんは、中学と高校の同級生だったそうです」

といった。

「紙屋（かみや）さんとも親しくしていたじゃない」

直美が小首をかしげながらいった。

「そうね。紙屋さんとは一緒に旅行もしているものね」

二人の住所や連絡先が分かるものがあると民子はいって立ち上がった。

彼女が持ってきたものは年賀状の束だった。それは三、四十通だろう。薄紙に包んで輪ゴムがかかっている。

そのなかから直美が、水川慎一郎と紙屋剛の二通を抜き出した。水川の住所は秋田市楢山共和町で水川製作所。紙屋の住所は仙北市角館町岩瀬で、職業は写真家だという。

小仏は真治の友人に会ってみようと思ったが、その前に彼の経歴を詳しく知りたかった。

「真治さんは、秋田市内の生まれですか」

「秋田の北の天王町の生まれで、お父さんは農業だったそうです。小学二年生のときだったといいますから、八歳でしたでしょう。八月、学校が夏休みに入っていたときです。両親は前から山登りが好きで、登山中に知り合って結婚した仲だったということです」

民子はそういうと膝の上で拳を固くにぎった。

小仏とイソは、眉の薄い民子の顔を見つめた。

真治の両親は、近所の親戚に一人息子の真治をあずけて、白神山地山行に出掛けた。二泊で帰ってくる計画だったらしいが、三日経っても四日がすぎても帰ってこなかった。それで径迷いなどの遭難が考えられ、現地の役所に届け出をした。警察と観光関係機関とが協力して捜索した結果、真瀬渓谷上流で妻が、約五百メートル下流で夫が遺体で見つかった。二人が入山した二日目の午後、激しい雨が山地を襲った。渓谷は一気に増水し、二人は激流にのみ込まれたものと判断された。

遺児となった真治は、秋田市に住む父親の弟の家庭にあずけられて成長した。高校を卒業すると自分の希望で千秋工芸社に入社して、木工の腕を磨いた。

直美は、真治の叔父・西坂継男（つぐお）からの年賀状を抜き出して小仏に渡した。住所は秋田市仁井田（にいだ）だった。

小仏は、真治の叔父は何歳かときいた。

「七十五か六だと思います。国鉄からＪＲに変わりましたが、定年まで勤めて、そのあとは市の観光施設の民俗芸能伝承館というところに何年か勤めていました。その後は仕事には就いていないようです。半年ばかり前に会いましたけど、とても元気で、ゴルフをやっているといっていました。うちの主人は、小学生のときから育てられたからでしょうが、継男さんのことを、おやじと呼んでいます」

民子は眉を寄せていったが、頭痛でもするのか、こめかみに指をあてた。

真治がいなくなったことを、警察はどうみているのかをきくと、継男は、『警察の幹部の人は、きっともどってくると思うといった』という。

4

小仏とイソは話し合って、真治の叔父である西坂継男に会うことにした。

車を走らせるとイソが、

「所長、おれたちはきょう、昼飯を食うのを忘れています」

と、前方をにらんだままいった。

「一食ぐらい抜いたって死ぬようなことはない。おれたちは、人が困っていることを一刻も早く解決するための調査にきているんだぞ。三度三度、メシのことなんか考えるな」

「そ、そりゃひどい。日本には、日に三度食事をするという決まりがあるんだよ」

「そんな、決まりはない。日に一食だっていいんだ。なにも食わない日があっても、法には触れない」

「おれは、餓鬼のころから、日に三度のメシを欠かしたことはなかった。それだから、正午になると、腹の虫が、『ご飯だよ』って呼ぶの。……あ、あそこに、うどんの店。そういやあ秋田は稲庭(いなにわ)うどんだ。入ろ、入ろう」

イソは、幟(のぼり)を出している店の横へ車をとめた。

「所長は、メシを食いたくないんなら、車のなかで昼寝しててもいいよ」

小仏はなにもいわずに、イソの後についてうどん屋へ入った。

食事どきをすぎているせいか、店内はがらんとしていた。店の中央でストーブが赤い舌をのぞかせ、大型のヤカンが湯気を噴いていた。頬の赤い女性店員が注文をきいた。二人は温かい稲庭うどんを頼んだ。

イソは女性店員の後ろ姿を見ながら、秋田には美人が多いが、なぜなのかを知っているかと小仏にきいた。

「きいたことはあるが、どういう顔が秋田美人なのかは知らない。なぜ美人が多いのかを知ってるのか」

「一説によると、秋田は日照時間が少ない。そのせいで色白の人が多い」

「そうだな。冬は雪の日が多いし、いつもどんよりとした曇り空といった印象が濃い」

「もう一説は、大昔は大陸とつながっていた。そのせいでロシアの人との交流があって、血がまざった」

肉の厚い丼のうどんが運ばれてきた。イソは大もりだ。うどんは白く、汁の色は薄いが出汁が利いていて、一口すすっただけで二人は、「旨い」とつぶやいた。

西坂継男の自宅は農家風の造りで、塀のなかの庭は広かった。農機具を入れているような小屋が庭の隅に建っている。庭の地面をつついていた四、五羽の雀が舞いあがった。玄関の前に門番のような茶色の犬がいた。

「秋田犬かな」

イソが姿勢を低くした。その格好を警戒したのか、犬は一声吠えた。

「ちがう。柴犬だ」

玄関の格子戸が開いて、白い髪の女性が顔をのぞかせた。

小仏が女性の前へいって、東京からやってきた理由を告げた。

「警察の方ですか」

継男の妻と思われる女性は警戒するような表情になった。

警察から、西坂真治の行方不明の事情をきいて、調査を頼まれたのだと話した。西坂直美と愛人関係にある人から頼まれたとはいえなかった。

玄関でのやりとりをきいたのか、奥から白い髪が薄くなった男が出てきた。継男だった。

「どうぞ、お上がりください」

継男は小仏の説明に納得した。二人は和室に絨毯を敷いて洋風に仕立てた部屋へ通された。

「ご立派なお宅で」

　小仏は杉の柾目の天井を仰いだ。

「私が鉄道に勤めていたころ、元農家だった親戚から譲られた家なんです」

　この家には、長男夫婦と長男の息子が同居しているのだと継男は、ゆったりした口調で話した。長男夫婦は市内で料理屋を経営しているともいった。充実した日々を送っている家庭のようだ。

　白髪の妻はお茶を出すと、小仏とイソの風采をあらためて見るような顔をして、黙って部屋を出ていった。

「真治さんの奥さんから、相談があったようですが、真治さんの行方について、なにかヒントがありますか」

「ヒントなんて……」

　継男は首を振った。警察も彼には同じことをきいただろう。

「真治さんは子どものころ、ご両親を失って独りになったそうですね」

「ええ。山好きの両親を、白神山地で。……独り遺された真治をどうするかを、親戚の者たちで話し合いました。養護施設へあずけるといった者もいましたけど、私は家内と話し合って、引き取ることにしたんです。私にも男の子が二人いました。真治はうちの者にすぐになじんで、一緒に学校へ通っていました。家内は口数の少ない真治のことが気がかりで、学校へいって、真治のようすを先生にききました。すると先生は、おとなしいが成績のいい子だといったそうです」

真治は、中学でも高校でも学業成績はクラスで上のほうだった。体格はいいほうでないし、運動には興味が薄かった。高校では野球部に所属したが、正選手になれず、補欠のキャッチャーをつとめていた。

高校二年のとき、社会実習見学で機械の生産工場や自動車や農業機械の修理工場などを見学することが何回かあった。そのなかに家具などをつくる木工所見学の機会があった。市内の千秋工芸社で木の板を挽いたり、鉋で削ったり、鑿で穴を掘る作業を見ているうち、その木工作業に興が湧いてか、学校の帰りに独りで千秋工芸社をのぞくようになった。

千秋工芸社の社長の泉沢が、たびたび作業場をのぞいている真治を見つけて、『面白いか』と声を掛けた。真治は、『面白い』と答えたらしい。社長は、『学校を卒業したらここで働いてみないか』といった。それに対して彼は返事をしなかったが、密かに千秋工芸社に入ることを考えていたようだった。

高校三年生になって、進路について教師からきかれた彼は、市内で働きたいといった。働きたいところがあるのかときかれると、将来、千秋工芸社のような木工所を経営したいと答えた。

教師は、千秋工芸社に、『木工の技術を習得したいという生徒がいるが、採用は可能か』と問い合わせをした。すると社長は、『その生徒は西坂真治君ではないか』といい、入社の希望があるならいつでも、と返事をした。

継男は、真治が希望するのなら大学へいかせるつもりでいたが、『千秋工芸社で働きたい』とはっきりいったので、『腕をしっかり磨け』といって送り出した。

千秋工芸社に入った真治は、四年間、社長の家に同居して家人より先に起床して、家の拭き掃除から、洗濯、布団干しなどもし、見習いをつとめた。

二十五歳のときには一人前の職人となって、家具を注文にきた客の希望をきくまでに成長した。社長は、『仕事が好きだっただけに、腕を上げるのが早かった』と、継男に語ったことがあった。

真治が二十四歳のとき、市内の材木店から泉沢家に縁談が舞い込んだ。老舗の材木店の岩田家には娘が三人いて、長女は市内から養子を迎えたが、次女と三女が年ごろになっている。千秋工芸社で働いている西坂真治に、決まっている人がいないなら見合いを、という申し入れだった。

社長は夕食の席に真治を招んで、岩田家からの縁談を伝えた。真治は一瞬、戸惑ったふうだった。だが、断わる理由はなかったらしく、承知したと答えた。

数日後、西坂真治と岩田民子の見合いは、市内の料理屋で行われた。西坂家からは継男と妻が、岩田家からは民子の両親が出席した。

次の日、継男が真治に、『民子さんは器量よしで、健康そうだったな』と、顔を見ながらいうと、『そうでした』と、やや視線をトげて答えた。

『そうでしたじゃないだろ。結婚目的の見合いだったんだぞ。結婚を前提にした交際をしてみようっていう気になったか、どうか』

継男がいうと、先方が気に入ってくれたらお付合いをする、と答えた。
四、五日後、岩田家からは、『お付合いをさせていただきたいと民子はいっておりますが、そちらさまのお気持ちは』という打診があった。
継男のほうは妻が、『こちらも、お付合いさせていただきたいといっておりますので、どうぞよろしくお願いいたします。お返事が後になりまして申し訳ありませんでした』といった。

ところが真治の顔はうれしそうでなかった。工芸社の同僚から、縁談が決まったのかといわれると、そっぽを向いたこともあった。継男夫婦は、なんとなく乗り気でなさそうな真治を見て、『話をすすめていいんだな』と、念を押した。

すると真治は、『おやじがすすめるんなら』といって、民子との交際を承知した。

その後の真治は、月に二回ほど民子と会っているようだった。だが、継男夫婦がみるに、真治にはうきうきしたところがなく、見合いをする前と少しも態度は変わらなかった。それとなく真治を観察していた継男夫婦は、『民子さんのことが好きにはならないのか』ときいてみた。

『好きだよ。明るくて健康的だし』と答えたが、結婚に話をすすめてもらいたいとはいわなかった。

真治と民子の交際は七、八か月ほどつづいた。岩田家のほうから、『日取りを決めたい』という申し入れがあり、その三か月後の秋、二人が暮らす家を借りて、結婚した。

千秋工芸社は、日曜が休業だが、真治は、やりかけた仕事があるとか、製品の出来上がりが気に入らない、といって、出勤することがたびたびあった。それを見ていた民子は、実家を訪ねるたびに真治のことを、『仕事熱心で、家具づくりを楽しんでいる人』と家族に話した。

そのようすはいまも変わらなくて、

「日曜に会社へいくことがあると、民子さんはいっていました」

と継男は語った。

「生真面目（きまじめ）な方なんですね」

小仏がいった。

「顔立ちもそうだが、穏やかな性格です。口数が少なくて、もの静かなので、いくぶん陰気な印象を受けますが、人と争ったりはしない男です」

そういう人が、病気になった妻を置き去りにして行方知れずになった。

「真治さんは、お医者さんを呼びにいったのに、医院とは反対方向を走っていた。男鹿市に知り合いの方でもいますか」

「いるかもしれませんが、私はきいたことがありません」

継男はそういって妻のほうを向いた。妻も知らないというふうに首を振った。

5

西坂真治の身に重大事が起こったにちがいない。一刻も早く見つけてやらないと取り返しのつかないことになりそうだが、それには彼に関する情報を、できるだけ多く集めるよりほかに方法はなかった。

そこで友人の一人である水川慎一郎に会うことにした。

イソは、カーナビで水川の住所をさぐった。そこは雄物川の支流の旭川の近くだった。水川に会って、真治の消息に近づくことを小仏は祈った。

「おれは、西坂継男さんの話をきいていて、真治さんには好きな女がいたんじゃないかって感じたんだけど、所長はどう」

イソはハンドルをにぎっていった。

「分からない」

「所長は、男女関係に疎(うと)いから、分かんないだろうな」

「おまえは、詳しいのか」

「所長よりは」

イソは車をとめて、ナビを見直した。

「二百メートルぐらい先を、左だな」

小さい声でつぶやくと車を出した。

金属を叩くような音がきこえるところでとまった。倉庫のような建物の屋根には黄色の字の「水川製作所」という看板が掲げられていた。物を叩く音がやんだところで、工場のなかをのぞいた。耕運機(こううんき)が入口を向いていた。声を掛けると、帽子をかぶった小太りの男が出てきた。男は脂で黒くなった手袋をはめていた。その人が水川慎一郎だった。

また金属製の音が鳴った。灯(あか)りの点いた工場内では何人かが作業をしているらしい。

水川は、小仏たちをせまい事務所に案内すると、手を洗って椅子(いす)にすわった。

小仏が、東京から西坂真治の行方さがしにやってきたことを話すと、水川は、「それはわざわざ」といって頭を下げた。

「真治さんが家へ帰ってこなくなったことを、ご存じでしたか」

「おととい、康彦君からの電話で知りました」

水川は顔を曇らせ、康彦に父が行方不明になったが、心あたりはときかれた。心あたりなどない、と答え、警察に届けたかをきいた。

「奥さんの具合がよくないということでしたので、今夜にも見舞いにいこうと思っていました」

「奥さんが病気になったので、お医者さんを迎えにいった。そういう人が、医院とは逆の方向を走って、それきり行方が分からなくなった。逆の方向を走っていたことについて、なにかお心あたりがありますか」

小仏がきくと水川は腕組みして、目を瞑った。真治の行方について考えているのか、それともどう説明しようかを迷っているようでもあった。

彼は四、五分のあいだなにもいわずに目を瞑っていたが、腕組みを解くと、

「私がなにかを知っていそうだと、だれかにいわれたんですか」

と、小仏とイソの顔を見比べるようにした。

「いいえ。真治さんとはお親しい間柄だとうかがったものですから」

小仏は、光っている水川の目をにらんだ。

水川はふたたび腕を組むと、首を左右に曲げた。なにかをさかんに考えているよう

だ。

「私だけが知っていることかもしれません」

低い声でいうと水川は唇を噛んだ。

「水川さんだけがご存じ。とおっしゃると真治さんの秘密……」

「そういうことになります。いままで私はだれにも話したことがありませんでした。だが今回は、真治さんにとっては大問題」

彼は、真治がいなくなって三日目かとつぶやいて、額に手をあてた。

小仏は、彼が話し出すのを待つことにした。

工場内で物を叩く音がやんだ。一か所の電灯が消された。終業時間になったようだ。

「真治さんの結婚前のことです」

水川は切り出した。

イソはポケットからノートを取り出したが、メモを取るな、と小仏が目顔でいった。

「じつは彼には、付合っている女性がいました。どういう字かは知りませんが、ゆうこさんという名で、夏場はゴルフ場でキャディをしていて、冬場は福祉関係の仕事をしていたようです。彼女は北海道奥尻島の出身でした。彼女は里帰りしているとき、大きい地震にみまわれて怪我をしました。何日か後に秋田へもどってきましたが、怪我が治っていなかったために秋田市内の病院へ入院しました。そのゆうこさんは一歳か、まだ一歳になっていないかの女の子を抱えていました」

「女の子の父親は、真治さんでは……」

「そうです。真治さんは、ゆうこさんとのことも、彼女とのあいだに女の子ができたことも、ひた隠しにしていました。ゆうこさんと結婚したいという意思はあったようですが、一人前にしてくれた泉沢さんに遠慮があって、彼女のことをいい出すことができなかったようです」

「いつかは話そうとしていたんじゃないでしょうか」

「そうだろうと思いますが、入院中のゆうこさんの容態が急変したとかで、亡くなったんです」

「亡くなった……。地震のさい、重傷を負っていたんでしたね」

小仏の頭には、ゆうこが遺した子どもはどうしたのかという思いが立ち上がった。

「ゆうこさんが冬場に勤めていた秋田市内の、児童養護施設のようなところだったようです。詳しいことは分かりませんが、彼女の子どもは、その施設があずかっているようなことをきいた憶（おぼ）えがあります。成長してからの女の子がどうしているかは、きいていません。……あ、思い出しました。奥尻島の地震で、ゆうこさんの女の子も怪我をしたんです。それで、ゆうこさんが入院した病院で治療を受けていたということでした。どこを怪我していたかは知りません」

小仏とイソは、水川に礼をいって椅子を立った。真治が現在、どこでどうしているかは不明だが、彼の秘密を知ったことで、彼に一歩近づいた気がした。

車にもどった。若いときの真治に付合っていた女性がいたことが、周りの人たちに知られなかったのが不思議だ、とイソがいった。

千秋工芸社に入った真治は四年間ぐらい泉沢家に住み込んでいたが、その後は近くのアパートに独居していた。彼は、ゆうこという女性との関係を、同僚や泉沢家に知られないよう休日の行動にも注意を払っていたにちがいない。

「所長」

ハンドルをにぎったイソが、急に大きな声を出した。

「なんだ」

「いま思いついたんですが、秋田といえばきりたんぽでしたね」

「また、飲み食いのことか。おれたちは観光旅行をしているんじゃない」

「そんなことは分かっています。どうせ食事をするんなら、その土地の名物を食う」

その前に今夜のホテルを確保しなくてはならなかった。それをいうとイソは、車をとめて、ナビゲーターを指でつついた。千秋公園の南側辺りにホテルが何軒かあることが分かった。旭川を渡って右折したところが秋田中央警察署だった。

秋田には竿燈（かんとう）大通りという広い道路が東西に走っている。そこから南の川沿いが繁華な場所だ。きりたんぽの店も、比内地鶏の店も、いぶりがっこの看板を掲げている店もあった。

イソは歩きながら、

「熱くて、きりりっとした酒を、きゅうって飲りたいよね、所長」

「あった。あそこだ」

小仏は右手の「いなもり」という行灯を指差した。何年か前にきたとき、杉の棒にご飯を巻いたたんぽを、比内地鶏の出汁で煮込んだ鍋をつついた店だ。

「なんだ。知ってる店があったんだ。それを早くいやあいいのに。へんな人だよ小仏太郎は」

その店には火が赤く燃えている囲炉裏があって、あぐらをかいた男たちが囲んでいた。小仏とイソは、赤い頰の若い女性店員に奥の小上がりへ案内された。店内にはイカを焙っている匂いがただよっている。

煤けた色の壁には人形のなまはげが張り付いていて、「泣く子はいねがぁ」と、手を広げていた。

地元の日本酒を一口飲んだところへ、湯気の立つ土鍋が運ばれてきた。イソは空腹をこらえていたのか、すぐに箸を使った。刺し身より先にきりたんぽを箸に刺した。

「熱い、熱い」といいながらたんぽと鶏肉を頰張った。グラスで日本酒をおかわりした。

「考えてみると、今度の仕事って、宮口っていう管理官の、個人的な問題だよね」

イソは、グラスをつかんでいる。

「そうだな」

「そういうことを、部下にやらせていいの」

「気に入らないのか」

「なんか、ずるいっていう気がするんだけど」

最近のイソは、酒が入ると不満を口にするようになった。

「ずるかろうがなんだろうが、うちは仕事を選んでいられないんだ。依頼されたことが、犯罪でないかぎり、なんでも。……人が嫌がるようなことをやるんだ」

「銭になるってこと」

「そうだ。なんでこんなことをやってるんだなんて、考えるな。食い物がまずくなる」

イソは下唇を突き出すと、グラスを口にかたむけた。比内地鶏に赤い味噌を付けて焼いた。これも旨いが、イソは鶏肉を二た切れ食べたところで、箸を取り落とした。酔ってきたのだ。この辺で席を立たないと、彼は歩けなくなる。小仏は彼を呼んでみた。が、うつろな目を向けただけで返事をしなかった。彼はたしかグラスで酒を四杯飲んだ。三杯以上飲むと動かなくなるのを小仏は忘れていた。

小仏は会計をすますとイソを立たせようとした。

「もう一杯。もう一杯飲んだら……」

小仏は、水のグラスをイソの前へ置いた。イソは一口飲んだ。

「なんだ、これは」

「早く飲め」

「これ、ただの水じゃないのか」

「早く飲んで。早く立て」

「おい所長。おれに水を飲ませておいて、早く立てだと、おれはもう一杯飲んだら帰るっていったんだ。水を飲ませたということはだ、おれを騙くらかしたっていうことじゃないか。おい、所長よ。おれを、雪の降る国へ連れてきて、酒だっていって、冷たい水を飲ませた。おれをいじめるつもりなのか。それともケチで、酒を飲ませるのが惜しいのか。……自分だけ旨い酒を飲んで、いい気持ちになって、眠たくなったんで……」

小仏は正面から足を伸ばして、イソの股ぐらを蹴った。イソは、「ぐうっ」と唸って横に倒れた。店の人にタクシーを呼んでもらった。

第二章　男鹿市船川港椿

1

　次の朝、七時半にホテル一階のレストランへ入ると、広いガラスの窓ぎわでイソはフォークを動かしていた。

　小仏は、トレーに水とコーヒーをのせてイソの正面へすわった。イソは軽くこっくりするように首を動かし、ハムをナイフで切っていた。ゆうべ、いなもりという料理屋でゴネたことなどまったく覚えていないようだ。

「所長は、食欲がないの」

「あとで、食う」

　イソは、トーストを二枚、ハムを数枚、ポテトサラダを山盛りにし、フルーツを盛った皿を脇に置いている。

「朝からよく食うな」

「ゆうべの食事が軽かったせいで、けさは……」

ゆうべなにを食べ、日本酒をグラスで四杯飲んだことを、まったく憶えてないようなことをいった。

「きょうはどうしますか」

珍しいことにイソは仕事をきいた。

「西坂真治の勤務先の千秋工芸社へいく」

「西坂はそこに、三十年以上勤めている」

「そうだ。脇目もふらず。……おまえとは大ちがいだ」

「おれは運が悪いんだ。いくつかの勤め先を変えたのは、どこでもおれを大事に使おうとしなかったからだ」

「最後は、現金強奪の手助けだった」

「それをいわない約束じゃない」

「いまも、運が悪いって思っているのか」

「所長が乱暴な使いかたをするんで、たまにはそう思うことがあるよ」

「夜はさんざん飲み食いするクセに、なにがたまにはだ」

小仏はパンをちぎってバターを塗り、牛乳を飲んだ。

　小仏はノートを開いた。そこには直美が描いてくれた秋田市川尻総社町（かわしりそうしゃまち）の千秋工芸社への地図がある。市立秋田総合病院のすぐ近くだ。その地図をイソに見せると、見当がついたとうなずいた。

　きょうも秋田の空は灰色だ。車の前を小雪がちらついている。直美が描いてくれた地図が正確だったので千秋工芸社へは迷わず到着することができた。社屋は薄紫色に塗られていて倉庫のような建物だった。機械鋸（のこぎり）が木材を挽いているのか低く唸るような音が外へ洩（も）れていた。

　せまい事務室ではメガネを掛けた白髪の男がテーブルに広げたものを読んでいた。その人が真治の師匠にあたる泉沢航平（こうへい）だった。七十代半ば見当だ。

　小仏が訪ねた理由をいうと、

「それはご苦労さまです。どうぞこちらへ」

といって、応接室へ通した。その部屋には檜（ひのき）の匂いがしていた。それをいうと泉沢は微笑（ほほえ）んで、建具を新しくしたからだといって、白木の窓を指差した。

　西坂真治はどんな仕事をしていたのかを小仏がきくと、泉沢はいったんすわった椅子を立って、

「真治が受け持っていた仕事をご覧ください」

といった。

何人もの男たちが、鋸を持ったり、鉋で板を削っている作業場を通って、突き当たりのガラス戸を開けた。そこは別室で、中央には縞模様のような木目のある重厚な風情のテーブルが据えられていて、椅子が二脚並んでいた。

「ここは、ナイル精機という会社から依頼された応接室の調度をつくっているところです。その仕事を真治が独りでやっているんです。完成にはまだ一年ぐらいはかかると思います」

泉沢は少し嗄（しゃが）れた声で説明して、テーブルの表面を撫（な）でた。

「珍しい木材ですね」

「アマゾンの森林から伐（き）り出した木材だそうで、直径二メートルほどの大木なんです」

泉沢が口にしたナイル精機の名に小仏は記憶があったので、二年ほど前まで東京の江東区にあった会社ではないかときいた。

「よくご存じですね。そのとおり江東区に本社工場がありましたが、人口の一極集中の東京は災害のさい危険だといって、男鹿市へ主要生産機能を移転したんです。移住にむずかしい事情のある社員は東京へ残して、百二十人ほどが男鹿へ転居しました。引っ越しの費用は約六千万円だったそうですが、すべて会社が負担したということです。冬は東京よりずっと寒さが厳しいので、社員も家族もご苦労をなさっていると思います」

　小仏とイソは、泉沢の背中を見ながら応接室へもどった。

　あらためて小仏が、西坂真治の失踪（しっそう）に触れた。泉沢は、真治になにが起こったのか、どこへいったのかさっぱり見当がつかないと、顔を曇らせた。

　小仏は二、三分のあいだ黙っていたが、

「真治さんには、結婚前に、親しくしていた女性がいたという話が、耳に入りましたが、それはご存じでしたか」

　といって泉沢の顔色をうかがった。

「知りません。そういう人はいなかったはずですず。ですから縁談がスムーズに運んだのです。真治に親しくしていた女性がいたという話は、どこのだれからおききになったんですか」

　泉沢は眉に変化を見せてきいた。

「友だちです」

「真治には友だちは少ないようですが、そういうことを知っている人は、若いころから真治と付合いのある人ですね」

　小仏はうなずいた。

泉沢はメガネのずれを直すような手つきをしてから、真治が親しくしていたのはどういう女性かときいた。

「北海道の奥尻島の生まれで、真治さんと知り合ったころは、夏場はゴルフ場でキャディを、冬は福祉関係の仕事に就いていたそうです」

「奥尻島からきていた人……」

泉沢はつぶやいて瞳を回転させるように動かした。

「私たちにその女性のことを話してくれた人は、女性の名前を憶えていました」

「なんという名前ですか」

「どういう文字かは知らないが、ゆうこという名だったそうです」

「真治に縁談が持ち上がったので、その人とは別れたんですね」

泉沢は真剣な目をした。

「奥尻島で大きい地震があったのを憶えていらっしゃいますか」

「ありましたね。二十何年か前だったのでは……」

「一九九三年でした」

「船で救援物資を送ったのを憶えています」

「ゆうこさんという人は、たまたま里帰りしていて、地震に遭って、大怪我をしたそうです。そのとき彼女は、一歳か一歳になっていなかったかの女の子を抱えていました」

「子どもを……。まさか真治の子ではないでしょうね」

「真治さんとのあいだに生まれた子だったそうです」

泉沢は頭に手をやって下を向いた。

「地震のとき、その子も怪我をしたそうです」

「抱いていたからでしょう。運が悪かった」

ゆうこは、何日かして秋田へもどってきて怪我の治療のために入院した。重傷を負っていたらしく、容態が急変して死亡した、と小仏は話した。

「なんという気の毒な。子どもを遺したのでしょうから、その子はどうしたんでしょうか」

養護施設があずかったらしい、と小仏は話した。

「その後は……」

泉沢は上半身を乗り出すようにしてきいた。

小仏は首を振った。ゆうこと子どものことを話してくれた人も、彼女の遺児がどこでどのように成長したのか知らないといったと話した。

「ゆうこという人が亡くなったとき、真治はその人が住んでいたところへ、いったでしょうか」

泉沢は、遠くを見るように目を細くした。

「いったでしょう。子どもにも会ったと思います」

「ゆうこという人には、秋田に親戚でもあったのでしょうか」

小仏は、分からないというふうに首をかしげた。

「真治はいなくなって五日になる。事故か事件に遭ったとしか思えません。小仏さんは真治がどこへいったかを、さがしあてられそうですか」

「分かりません。分からないのでこうして縁のある方にお会いしているんです」

「これから、だれにお会いになりますか」

真治の友だちといわれている紙屋剛に会うつもりだが、それを小仏は話さず、もう訪ねる先はないような気がするといった。

「私はこれから民子さんにあらためて会いにいこうと思っています。真治が大切にしていそうなものを見つけてもらうつもりです。もしかしたら……」

泉沢は、また髪の薄い頭に手をやった。ゆうこが遺した女の子の住所などが分かるかもしれないと思ったのではないか。その女の子は二十六、七歳になっている。ゆうこの出身地の奥尻島に住んでいそうな気もする。


紙屋剛の住所は仙北市角館町だ。角館は秋田の小京都とも呼ばれ、重厚な黒板塀と白壁の蔵の武家屋敷通りがあることぐらいしか知らない。

　小仏は紙屋の自宅へ電話した。妻らしい人が応じて、「紙屋は外出しております」といわれた。小仏は、東京から秋田へきている者だが、会いたいので、何時ごろ帰ってくるのかときいた。

「きょうは秋田へいっていて、帰ってきません」

　そういって、紙屋のケータイの番号を教えた。

　その番号へ掛けた。すぐに低い声の男が応えた。小仏が用件を伝えると、秋田市内にいるのでいつでも会えるといった。小仏は滞在しているホテルの名をいった。紙屋は三十分後にはそこへ着けると答えてくれた。

　小仏とイソは、ホテルのラウンジで紙屋の到着を待った。

　椅子にすわると小仏はいきなりイソの右手をつかんだ。

「なにするんだよ」

「手相を見てやる」

「えっ、分かるの」

「汚い手だな」

「大きなお世話」

「おまえは四十代になったころ、大病にかかって、死ぬ」

「そんなことが、分かるの」

「手相にあらわれている。そう先のことじゃない。身辺をきれいにしておくことだな」

「初めて知った。ほんとかよ。死ななかったら……」

「だれかに殺される」

ロビーへ五十歳ぐらいの体格のいい丸顔の男が入ってきた。茶色のショルダーバッグは重たそうだ。イソが声を掛けた。紙屋剛だった。

2

小仏は写真家の紙屋剛と名刺を交換すると、主にどういうものを撮っているのかをきいた。

「東北の風景です」

「日本海に突き出た男鹿半島は、絵になりそうですね」

「男鹿西海岸は、荒々しい岩場の連続です。私の好きな舞台で、数えきれないほど撮りにいっています。小仏さんはおいでになったことは……」

「ありません。仕事のキリがついたら、ぜひ訪ねてみたいと思っています」

「私は、男鹿の最北端の入道崎（にゅうどうざき）で、海鳥を撮りました。その写真をカメラの雑誌に載せてもらいましたら、写真芸術の賞に選ばれました」

紙屋は薄く伸びた無精髭（ぶしょうひげ）の顔をゆるめた。

話を西坂真治の件に移した。すると紙屋は、そのことは水川慎一郎からの電話で知ったといった。

「奥さんが急病になったのに、それをほったらかしにしてどこかへいった。西坂にはなにか重大事が起きたにちがいありません。私は今夜にも西坂の家へいくつもりでいました」

小仏はジャケットのポケットに手を入れ、ノートに指を触れたが、取り出さなかった。

「西坂真治さんには、結婚する前にお付合いしていた女性が秋田にいたそうです。それはご存じでしたでしょうか」

「知りません。結婚前にそういう人がいたとしても不思議ではないと思います。が、その女性がなにか……」

「その女性は奥尻島の出身で、里帰りをしているところを大地震にみまわれて、重傷を負いました。地震の何日か後に秋田へもどってきて病院へ入院していたんですが、怪我が重かったらしくて、亡くなったそうです。その女性は、一歳か一歳になっていなかったかもしれない女の子を抱えていました。その女の子も地震に遭ったさいに怪我をしたということでした」

「その女の子は、もしかして……」

「真治さんの子でした」

小仏がいうと紙屋は、無精髭の顎を撫で、母親を失ったその女の子はどうしたのかといった。

「児童養護施設のようなところがあずかっていたらしいですが、それがどこなのか分かりません。私たちはその女の子の行方をさがしてみるつもりです」

紙屋は腕組みしてしばらく黙っていたが、

「その女の子は、現在二十六か二十七歳ですね。名前は分かっていますか」

ときいた。

「分かっていません。亡くなった母親の名はゆうこだったそうです」

「ゆうこという名前がまちがいでなければ、正確な氏名は分かりますね」

紙屋はそういうと軽く唇を嚙んだ。真治の消息を案じているらしい表情をしていたが、急に目つきを変え、

「東京にいらっしゃる小仏さんは、だれから西坂真治の行方調査を依頼されたのですか」

ときいた。困った質問だった。

「真治さんの娘さんからです」

　小仏は苦しまぎれに答えた。

「そういえば直美さんは、東京の音大を出て東京に住んでいましたね。真治さんは直美さんのことを、一人前の音楽家になれるかどうかなんていったことがありました」

「音楽界というのも厳しい世界のようです」

「直美さんも、二十五か六ではないでしょうか」

　紙屋は、ゆうこの遺した女の子のことを考えているにちがいなかった。

「直美さんは二十五歳だそうです」

「私は二年ほど前に直美さんに会いましたが、お母さん似で、きれいになっていました」

　そういった紙屋は、「あっ」と口を開いて上を向いた。

「いま思い出したことが……。三年ぐらい前のことですが、このホテルの近くのカフェで真治さんと会うことになっていました。それは日曜の午後でした。会う時間を約束していたのに、彼は一時間経ってもあらわれない。それまではいつ会っても彼のほうが先にきているのに珍しいことでした。それで一時間半ぐらい待ってから、彼に電話をしました。すると、いまそちらへ向かっていると答えました。それから三十分ぐらい経って彼はあらわれました。彼は仕事の関係の人と会っていたといいましたが、なんとなく落着いていなかったのを憶えています。かつてなかったことでした」

「日曜なら、会社は休みでしたね」

「そう。ですから会うことにしていたんです」

真治はだれかと会っていたのではないか。紙屋との約束の時間をすぎていたが、その場を抜けてこられない事情があったのだろう。

小仏は紙屋と話し合って新聞社の秋田日報社を訪ねることにした。そこには奥尻島を襲った地震で犠牲になった人の名簿がありそうだった。

縮刷版で一九九三年七月十二日夜の奥尻島地震の項を開いた。そこには死者、行方不明者二百三十人の氏名が並んでいた。それをペンの先で追っていくと「ゆうこ」と読める人が三人いた。友子（六十三歳）、優子（五十六歳）、悠子（二十四歳）。悠子の姓は伊達（だて）。

伊達悠子は、地震の一か月後、秋田市内の病院で死亡となっていた。

水川慎一郎の記憶にあった「ゆうこ」は伊達悠子にちがいないということになった。秋田市内の病院とはどこのことなのか。それを民間人の小仏たちが知るのは不可能のようだった。

そこで警視庁の安間に電話して、秋田県警本部か秋田中央署のだれかに会ったら便宜をはかってもらえるかをきいた。十分後に安間から回答の電話があった。秋田中央署刑事課の岸本課長に会えという。

　ここで紙屋とは別れた。紙屋は、

「真治さんの息子の康彦君が帰宅したころを見計らって、訪ねることにします」

といった。

　秋田中央署は広い千秋公園の西側で古川堀端通りに面していた。イソを駐車場に残すと小仏は署へ入った。刑事課にはデスクが整然と並んでいたが、パソコンの画面をにらんでいるのは二人だけだった。岸本課長は窓辺に立っていたが、小仏が訪れるのを待っていたように振り向いた。四角張った顔の肩幅の広い人だった。彼はにっこりして小仏を窓ぎわの応接セットへ招いた。

「先ほど、安間さんから電話をいただきましたが、私は安間さんと何度もお会いしていますし、捜査の便宜を図っていただいたこともあります」

　岸本課長は穏やかな声でいった。

　小仏はすぐに用件を切り出した。二十六、七年前の奥尻島の大地震で怪我をした一人の伊達悠子という女性は、秋田市内の病院で治療を受けていた。その怪我は重たかったらしく入院中に死亡した。彼女は幼い女の子を抱えていたが、その子も怪我をしていたらしい。伊達悠子の入院先はどこだったのかは不明。知りたいことは当時の彼女の住所と、女の子はどうしたかだと小仏はいった。

岸本課長は小仏のいったことをメモすると、パソコンを操作していた四十歳ぐらいの刑事の脇へいって、用件を伝えると小仏の前へもどった。秋田市内の病院は九か所。伊達悠子が手当てを受けていたのはそのうちの一か所だろうと岸本はいってから、どういう目的でその女性の住所などを知りたいのかときいた。

「それを先に申し上げなくてはなりませんでした」

小仏は頭を下げてから、市内川元山下町の西坂真治という五十歳の男が行方不明になった、といいかけると、

「その人の行方不明者届は出ています。私は、すぐに帰ってくるものと踏んでいましたが……」

といって指を折り、「きょうが四日目か」といって顔を曇らせた。

「西坂真治さんと、地震で怪我をした女性とは、どういう関係ですか」

「西坂さんが結婚する前のことですが、伊達悠子という女性と親しくしていたようです。彼女が抱えていたのは、西坂真治さんとのあいだに生まれた子だったということです」

岸本課長は真剣な目をしてうなずいた。

三十分ほど経つと、伊達悠子が入院していた病院と死亡時の住所が分かった。入院

先は、秋田大学医学部付属病院で、住所は男鹿市船川港女川というところだった。地図を開いた岸本課長が、住所は男鹿駅の西三キロほどのところだといった。伊達悠子の住所のメモには電話番号が書いてあったので掛けてみた。だが、その番号は現在使われていないというコールが流れた。

日没近かったがその住所へいくことにした。駐車場のイソは車のリアシートで眠っていた。

「夜、くさるほど眠るんだから、昼は眠るんじゃない」

ドアを開けると小仏はイソの足を蹴った。

「目を瞑っていただけだよ」

「おれたちの車を、刑事課長は窓から見てたかもしれない」

イソは、運転席のドアに手を掛けてから中央署を見上げた。車のなかで昼寝していた自分を多少は反省しているようではあった。

国道の船川街道はJR男鹿線に沿っていた。目的地までは四十キロあまりだろうとイソがいった。車の往来は少なくて走りやすい、とイソはいい、ときどき口笛を鳴らした。海岸線に沿って巨大なものが目に入ってきた。風車である。それは何百か所かは不明だが、五、六十メートルおきぐらいに並列し、風を受けてゆったりと回転していた。人家はなく辺りは闇に包まれた。国道は男鹿線からはなれて海辺の県道へ入った。

建物が点々とあらわれ一挙に街に突入した。終点の男鹿駅に着いたのだった。駅舎は箱を伏せたようなかたちをしている。その近くには市役所も警察署もあった。広いガラス窓のレストランには客が入っているのが見えた。右手側が港らしく船の柱が並んでいる。近くに国家石油備蓄基地があるという標識が目に入った。

街中を通過すると人家がまばらになり、雪が斜めに降りはじめた。

船川港女川というところに着いたときには地面が白くなっていた。灯りの点いている家へ声を掛けると、七十代と思われる主婦らしい人が出てきた。二十六年前まで伊達悠子という女性が住んでいた家をさがしていると小仏がいったが、主婦には意味が分からないらしく、首をかしげただけだった。

「警察できいたほうが早いんじゃない」

イソがいった。小仏もそう思いつつべつの家できいてみることにして歩き出したところへ、岸本刑事課長から電話があった。

「たったいま、秋田大学付属病院から連絡があって、死亡した伊達悠子が連れていた女の子の名は、織江(おりえ)でした。その子も怪我の治療を受けていたそうです」

病院の記録では伊達織江は生後十か月だったという。

「所長」

　イソは、ハンドルをにぎって呼び掛けた。

「なんだ」

「所長は、伊達織江の住所をさがしているんだよね」

「そのとおり」

「織江は、生後十か月のときに母親の悠子を失っている。だから、母が西坂真治と親しくしていたことなんか知らないはずじゃない」

「真治は、織江がある年齢に達したとき、悠子との仲を話して、父親だということを告白したんじゃないかな。悠子の死後は、織江に対して父親としての責任を果たしていたんじゃないかと思う」

「科学的検査をしたのかな」

「したかも。あるいは、父娘を証明する人がいたかも」

　イソは急に態度を変え、伊達織江の住所はときくべきではないかといった。

　二人は、伊達織江の住所をさがしているといって、灯りの点いている家を訪ねたが成果はなかった。

「おれたちは、織江の住所をさがしているんじゃなくて、西坂真治の行方をさがしているんだったよね」

　イソは、方向転換したようなことをいった。

「おれはこう考えたんだ」

小仏だ。

「どう考えたの」

イソはハンドルに顎をのせた。

「織江の身に重大なことが起こって、真治に電話が入った。医師を迎えにいくはずの彼は迷った末、織江のところへ駆けつけることにした。それは妻の病気よりも重大な出来事だった。ところが車を走らせている途中で事故にでも遭った。彼は医師を迎えにいくことも、織江のところへいくこともできなくなった」

小仏がいうとイソは、男鹿の警察に相談してみるべきじゃないかといった。

「いや。男鹿署に話せば、なぜ東京からわざわざ真治の行方をさがしにきたのかを、根掘り葉掘りきかれる。おれたちは内密に行動しなくちゃならない」

「秋田中央署へいったじゃない」

「秋田中央署の刑事課長には、秘密を守ってもらえるからだ」

二人は車のなかで話し合っていても、事の解決には結びつかないので、手分けして、伊達織江の住所を知らないかときいてまわることにした。

二人は十数軒をあたったが織江の住所は分からなかった。

あしたもこの周辺で聞き込みをするために、今夜は男鹿駅近くの旅館に泊まることにした。

旅館の人に、夕飯はすんだかときかれた。午後八時をまわっていたからだ。

近所に居酒屋があるかをきくと、五十メートルほどのところに赤提灯（あかちょうちん）を出している小さな店がある、と教えられた。往来する車は少なく、人はほとんど歩いていなかった。ときどき、からだを倒すような強い突風が吹いた。二人はコートの襟に顔をうずめた。海を向くとオレンジ色のライトが明滅しているのが見えた。小雪は、ほとんど真横に条（すじ）を引いていた。赤提灯の店から男女が出てくると、肩を組んで走っていった。

3

「いらっしゃい」

小仏とイソは威勢のいい声に迎えられた。客はいなかった。五十歳ぐらいの主人は豆絞りの手拭い（てぬぐい）を丸い頭に巻いていた。二十歳そこそこの女性がいて、彼女は絣（かすり）のちゃんちゃんこを着ていた。二人は一目で父娘と分かるほど顔立ちが似ていた。

イソは、熱燗（あつかん）におでんを、小仏より先に注文した。

イソは、「あち、あち」といいながらおでんのじゃが芋に箸を刺した。

「おれは、このじゃが芋が好きなんだ。所長は知らなかったでしょ」

「知るか、そんなこと」

「従業員の食べ物の好みも知らない。知ろうとしない。要するに気遣いが足りない」

「黙って食え。おまえがごちゃごちゃいうと酒がまずくなる」

小仏は焼鳥を頼んだ。

「お客さんは、どちらから」

鉢巻きの主人がきいた。

「東京から」

小仏が答えた。

「じゃ、ナイル精機へおいでになったんですね」

「いや、人さがしにきたんです」

「人さがし……」

主人は焼鳥を焼きながら小仏とイソの風采を見直した。

「ナイル精機はこの近くですか」

「西へ六キロほどの高台です。以前に研究所がありましたけど、二年ぐらい前に東京から生産部門が移ってきた会社ですが、移ってきた当初よりも社員は増えたということです。地元の人を数十人採用したそうで、評判のいい会社です。……お客さんは、どういう人をさがしているんですか」

「伊達織江という人で、二十七歳。以前は、船川港女川というところに母親と住んでいたようです」

「伊達織江……」

主人は焼鳥をうちわであおいでいた手をとめた。鉢巻きに手をやってなにかを考えているような表情をした。

「たしか去年の十二月の初めの日曜でした。ここの近くへ買い物にきた女の人が、車にはねられそうになって転びました。車を運転していた人は気づかなかったのか、走っていってしまった。私も車に乗っていましたが、降りて、転んだ人を起こしてやりました。その人は怪我はしていなかったようで、『大丈夫です』といいましたけど、片方の足を引きずるようにしていました。私は転んだ拍子に怪我をしたのかと思ったので、痛むのかときくと、その人は、子どものころの怪我が原因なんですといって、立ち去ろうとしました。後ろ姿を見ていると痛々しそうだったので、自宅へ送ってあげるというと、丁寧に礼をいって助手席に乗りました。行き先をきくと、船川港椿のナイル精機だといいました。道々、会社ではどんな仕事をしているのかをききましたら、会社の従業員の保育所で働いているといっていました」

「保育所……」

「保母さんのような仕事じゃないでしょうか」

「その女性の名前をききましたか」

「その人は自らダテですといって、丁寧に頭を下げて車を降りました。色白のとてもきれいな人でした」

「イソ。きいたか」

小仏は、コンニャクを噛んでいるイソに顔を振り向けた。

「話はきこえているよ。大丈夫だよ」

イソには確実に酒がまわりはじめていた。

「早く飲んで、早く食え。あしたの朝は、ナイル精機へいく」

「夜までコキ使っておいて、食事になったら早く食えだと。メシを食ってるときぐらい、仕事を忘れさせてくれないかな」

「おまえは、酒を飲むとだらしなくなるからだ。これからは、夕飯に酒を飲ませない」

「また、ぐすぐずと。せっかくいい気分になって、旨いおでんを食ってるっちゅうのに、まるで意地の悪い姑ばあみたいに、ごちゃごちゃ、がみがみ。……おれはここでゆっくり飲ってるから、先に帰ってもいいよ」

イソは酒のグラスをつかんだまま、それをにらむようにしてご託を並べた。

主人の横に立って、小仏とイソを観察するように見ていた女性が噴き出して、手で口をふさいだ。

次の朝も灰色の雲は重く頭にのしかかっていた。黒い岩に嚙みついている波頭だけが白い。

県道に［ナイル精機入口］という標識を見つけた。そこを入った。枯草の生えた坂道がつづいていた。枝に雪をのせた杉木立が二十メートルほどつづいた先に巨大な建物があらわれた。門柱に黒字で社名が彫ってあり鉄の門は開いていた。事務棟らしい建物に入って、出てきた女性社員に、伊達織江に会いたいと告げると、社員は首をかしげた。その顔は、そういう名の社員はいないといっていた。

「保育所がありますか」

小仏がきいた。

「あります」

「そこに勤めている人のようです」

女性はうなずくと、ノートらしい物を開いて見てから、伊達はおりましたとはいわず、

「この建物の横を入って百メートルぐらいいくと、二階建てが二棟あります。倉庫のような建物ですが、そこの奥が保育所です」

その女性はやや冷たい口調でいうとノートを閉じた。伊達織江は社員ではないことが分かった。

小仏とイソは、教えられたとおりに白い建物のあいだを入った。たしかに倉庫のような建物があって、そこの奥から子どもの声がきこえた。

声を掛けたが、出てきてくれる人はいなかった。二十人あまりの子どもが、積み木をしたり乗り物を走らせたりしていたし、泣いている女の子もいた。

イソの呼び声をきいてか、オレンジ色のスカーフを頭にかぶった四十代ぐらいの女性が出てきた。

「伊達織江さんに会いにきました」

小仏がいうと、女性は顔色を変えた。

「おたくは、どういう方ですか」

女性は腹の前で手を合わせた。

小仏は名刺を渡して、大事なことを織江にききにきたのだといった。

調理場らしいところから同年配の肥えた女性が出てきた。その人も眉を寄せ、

「伊達さんは、何日も前から出勤しないんです」

といった。

「出勤しない。……どこかへいったということでしょうか」

「そうかもしれませんが、どうしたのかさっぱり分からないんです」

二人の女性は顔を見合わせてから俯いた。

「いつから出勤しないんですか」

「二月五日からです。彼女の部屋はそのままになっているのに……」

この保育所は社員の子どもをあずかっているところで、午後五時すぎになると、母親たちが子どもを引き取りにくる。午後六時には子どもたちは一人もいなくなる。二人の保母は後片付けをし、日誌に出来事などを書いて帰宅する。伊達織江は保育所の裏側の部屋に住んでいる。その部屋で毎日、自炊をしていた。会社は土曜と日曜と祝日が休みなので、街へ出掛けることもあったらしいと保母の二人は語った。

織江はいつからここに勤めているのかときくと、二年前ここに生産機能が移されたときからだという。

「伊達さんは、それまでどこに勤めていたかご存じですか」

小仏は、太ったほうの桑野（くわの）という女性にきいた。

「秋田市内の児童養護院というところで働いていたそうです。子どもを扱うことには馴（な）れていて、泣く子を上手にあやしていました」

「足にちょっとした障害があったようですが」

「赤ちゃんのとき、地震に遭って怪我をしたそうです。お母さんは、地震のさいの怪我が原因で亡くなったときいているといっていました。器量よしの二十七歳。お付合いしている人はいないのときいたことがありますけど、ずっと保育所のようなところで働いているからかしらなんていっていました。養護院に勤めているあいだに、洋裁を教えてくれる人がいたので、服をつくることもできるといっていました。この会社は、社員の子どもの着る物のほころびを直すためにといって、ミシンを一台備え付けてくれましたが、伊達さんはそのミシンで自分が着る物をつくっていましたし、子どものお母さんに縫い方を教えていたこともありました」

織江は評判のいい従業員だったようだ。

小仏は桑野に、織江が使っている部屋を見せてもらえないかときいた。

「どうぞ、見てあげてください」

彼女は小仏たちの先に立った。

「会社は、伊達さんが何日間もいなくなっていることを、警察に届けたでしょうか」

小仏がきいた。

「届けていません。私から会社の総務部の人には伝えておきました。総務部の女性が伊達さんの部屋を見にきて、『個人的な用事ができて、出掛けたんでしょうね』といったきりでした」

織江は二月五日からいなくなっている。きょうで五日間不在である。その間、会社へも保育所の同僚へも連絡がない。小仏の頭には西坂真治の不在が渦を巻いて湧き上がった。真治は、医院の医師を迎えにいく途中で織江から緊急を要する連絡を受け、運転していた車を方向転換させたのではと推測したが、それはあたっていたような気がする。織江には重大事が起きていた。それで真治は彼女をさらうようにして、どこかへ消えたのではないか。なにが起きていたのか。

電灯を点けた。六畳ほどの広さの部屋の中央に薪ストーブが据えられていた。そのまわりに短い脚の木製の椅子が三脚ストーブを囲んでいた。その部屋の奥が織江の部屋で、小型の箪笥と座机が壁ぎわに置いてあるだけで女性の部屋にしては殺風景だ。織江は壁ぎわに着る物を吊るしておいたりしない人のようだ。壁にくっつくように据えられたベッドは小さく、毛布に布団が重ねられていた。この部屋には杉材でつくられたドアがあった。

「小仏さんは、刑事みたいですね」

桑野は小仏の顔を見上げた。

小仏はなにもいわず杉板のドアを開けた。風呂場だった。矩形の風呂桶だけは檜だった。タオルがぴんと張って干してあった。

桑野に断わって押入れを開けた。内部は洋服ダンス代わりにしてあって、ジャケットなどがハンガーに吊るしてあった。その下には洗った下着類が重ねられていた。

ストーブのある部屋へもどった。壁の一部に黒っぽい色の引き戸がある。物置きのようだ。その引き戸をイソが開けた。とたんに彼は大声を上げた。わめいて尻餅(しりもち)をついた。

暗い物置きのなかで髪の短い男があぐらをかいて外を向いていた。男は口に鉄の火箸をくわえて、まばたきしないし動かない。顔色から見て死んでいるのは確かだ。

小仏は腰を抜かしているイソの前へ出て、鉄の火箸をくわえている男の顔に目を近づけた。彼の背後では桑野が悲鳴を上げている。

「口に、焼けた火箸を突っ込まれたんだ」

小仏はそういって二歩退いた。燃えていないストーブの脇に黒い鉄の火箸が一本転がっていた。

「所長、ヤバい。逃げよう。おれは、ここにはいられない」

「どこへでも失(う)せろ」

小仏はいうと、スマホを取り出して一一〇番通報した。

十数分後、パトカーのサイレンが近づいてきた。

口に鉄の火箸をくわえて死んでいたのは、ナイル精機・計測機器部社員の島根卓也、三十三歳だと分かった。島根がたびたび伊達織江を訪ねていたのを、保育所の桑野が知っていた。

島根は織江に対して好意を抱いていて、菓子などを持ってくることもあった。織江はそれを多少迷惑がっていたらしい、と桑野は警察官に語った。

生産現場で作業中だった二人の社員が、駆けつけた警官に呼ばれてやってきた。物置きのなかであぐらをかいている死者を二人に見せたのである。二人とも口を手でふさいで後じさりした。二人は見たことがあるような気がするので社員ではないかと答えた。

4

二月五日に出勤しない社員がいた。島根卓也で、無断欠勤だった。同僚が彼に電話したところ、呼び出し音は鳴るが応答しないので、不審に思われていた。

小仏とイソは、警官と社員の会話を黙ってきいていた。島根は、二月五日以降出勤していないが、二月四日夜から帰宅していなかった。それで家族からは行方不明者届が出されていた。

彼は二月四日の終業後、織江を訪ねたのではないか。二人はストーブにあたりながら話し合っていたのかもしれない。

小仏の想像だが、島根は織江にからだの交渉を迫ったのではないか。彼女は拒否した。と彼は、こらえきれないとでもいって手込めにしようとした。彼女はせまい部屋のなかを逃げまわった。それでも彼は追ってきて、彼女を押し倒そうとした。

彼女はスマホを取り出すと一一〇番でなくべつの人に電話を掛けた。彼女の電話を受けたのは西坂真治。彼女の父親だった。真治は妻が発病したのでかかりつけの医師を呼びにいく途中だった。が、織江の悲鳴で、男から暴行を受けかけていることを知り、車首を医院とは反対方向へ向けた。夜の男鹿半島を向いてフルスピードでナイル精機の保育所をめざした。織江の部屋へ入ると、三十代の男が彼女と向かい合っていた。真治は男に帰れといった。二度と近寄るなといったのではないか。男は反撃した。『あんたは織江さんのなんなんだ』と食ってかかった。真治は、『父親だ』といったかもしれない。

『父親。……愛人じゃないのか』島根はひるまず穢い言葉を投げつづけた。破れかぶれになっているようだった。あるいは真治に向かってなにかを投げつけたことも考えられる。

真治は、燃えさかるストーブのなかへ火箸を一本差し込んだ。火箸の先はたちまち赤くなった。それを引き抜いてにぎると、島根の顔に突き刺そうとした。それには島根も驚きたじろいで、口を開けた。真治はその口へ真っ赤に焼けた火箸を突き刺した。島根は悲鳴も上げられず、そのかわりに両手両足で床を叩いて暴れたが、それはほんのわずかなあいだで、両目を見開いたまま絶命した。

真治と織江は顔を見合わせた。二人の目はもうここにはいられないといい合っていた。

真治は物置きの戸を開け、息絶えた島根を引きずって物置きのなかへ押し込んだ。箱に寄りかかってあぐらをかいた島根は、火箸をくわえたまま石地蔵になったように見えた。

真治は織江にコートを着させて車に乗せた。車首を西に向け、海岸線に沿う県道を走り、やがて北へ向かった——これは小仏の想像である。人家があり、駅があり、市役所や警察署がある方向へは走らないと思ったからだ。

「この寒空に、真治と織江はどこへいったんだろう」

イソは、ガラス窓を向いていった。窓には雪が降りかかっている。

イソは、二人には一時滞在できるところがあったのではないかといった。

「だれかを頼ったということか」

「そうじゃないかと思った」

「おれの想像があたっていると、一人は殺人犯だぞ」

「そのことは頼った人には話さなかったと思う」

「二人はなんのために一緒に逃げ出してきたのかぐらいはきかれたと思う。かくまってくれる人がいたとしても、その人には事情を話さないわけにはいかない」

「人を一人殺してきたなんて、いえないような気がするけど」

小仏とイソは、男鹿署へ連れていかれることになった。なぜ伊達織江に会いにきたのかの事情をききたいと、パトカーの警官に呼ばれてやってきた刑事にいわれた。面倒なことになったと思ったが、断わるわけにはいかなかった。

近くの店で夕食を摂ってくるというと、署へ取り寄せるのでといわれた。

署で取ってくれたのは煮たカキをのせた丼だった。小仏とイソは、小会議室で、旨いといってそれを食べた。食べ終えてお茶をもらったところへ長い顔の刑事と丸顔の刑事がやってきた。長い顔は赤井という五十歳ぐらいの警部だった。

赤井は椅子の音をさせて腰掛けると、

「早速ですが」

と切り出した。ナイル精機の保育所に勤めている伊達織江に会いにいったということだったが、それはなんのためかときかれた。

「秋田市のある男性が、ある日の夜、大事なときにいなくなりました」

小仏が答えた。

「ある男性とか、ある日といわず、氏名、月日を答えてください」

「取り調べのようですが」

「事情をきくためです。重大事件がからんでいるのですから、何事も詳細にお答えください」

「秋田市川元山下町に住む五十歳の木工職人の西坂真治という男性が、二月四日の夜、妻が発病したので、かかりつけの医師に診せるため、医師を迎えに自宅を車で出ました」

若いほうの刑事はノートにペンを走らせた。

「ところが西坂真治は、医院とは反対方向を走っていた。道路の監視カメラに映っていたことがあとで分かりました。彼は男鹿市のナイル精機の保育所へ向かっていたんです」

「病人の奥さんを放ったらかしにして」

「医院へ向かっているところへ、ある女性から緊急を要する電話が入ったのだと思います」

「ある女性とは、だれですか」

「ナイル精機の保育所に勤めている伊達織江、二十七歳です。彼女は、西坂が結婚する前に付合っていた女性とのあいだに生まれた子でした」

「西坂という人の結婚前のことまで知っている。小仏さんはそれをどこで調べたんですか」

「必要があったので、西坂の友人にきいたんです。話の腰を折らないでください。……西坂のことをどこまで話したか」

「ナイル精機の伊達織江から、緊急を要する電話が西坂に入った」

「そうでした。西坂は織江がどこで働いていて、どこで起居しているかを知っていたので、保育所の裏側のストーブのある部屋へ駆けつけることができました。……その部屋へ入ると彼女は、壁に張りつくような格好をして震えていたにちがいない」

「ストーブをはさんで、男と向かい合っていたかもしれませんよ」

赤井は鼻をつまむような手つきをした。

「男からの暴行を避けていたんです、彼女は。ですからストーブの前にすわってなどいられなかった。ストーブの前にすわったのは西坂で、彼は男を落着かせようとしたと思います」

赤井は、小仏の大きい顔をじっと見て、うなずいた。

小仏は、咳払い(せきばら)いしてつづけた。

「男はストーブの前へ腰掛けたが、落着いてはいなかった。西坂に向かって、『あんただれなんだ。織江とどういう関係なんだ』とでもいったと思います。西坂は、織江の父親だといったような気がします。ところが男は西坂のいったことが信用できなかったのか、父親というのは嘘で、怪しい関係ではないかとか、穢い言葉で西坂をけなした。西坂と織江が傷付くような言葉を吐いたかもしれない。それをきいた西坂は、ストーブの火を掻きまわしていた火箸を一本にぎった。男は驚いて口を開けた。その口へ焼けた火箸を突っ込んだ」

「まるで、惨劇を見ていたようですね」

赤井は、また鼻をつまんだ。

「焼けた火箸を口に突っ込まれたのは、ナイル精機社員の島根卓也。彼はストーブの前に倒れていたのでなくて、物置きのなかであぐらをかいていた。彼が自ら入ったとは思えません」

「人を殺してしまった以上、織江をそこに残しておくわけにはいかないので、彼女に身支度をさせた。ストーブの脇には男が火箸をくわえて目をむいている。目ざわりなので、物置きに押し込んだ」

「小仏さんは、島根の口に焼けた火箸を突っ込んだのは、西坂だとみているようですが、織江のほうだったとも考えられます」

「そうですね。島根が口汚く西坂をののしるので、織江は焼け火箸をつかんだかも」

西坂は織江を自分の車に乗せると、街とは反対の西方向へと海岸線に沿う県道の闇を衝いて走った。

5

男鹿署の赤井警部は、西坂真治には親しい間柄の者が何人もいそうかときいた。

西坂には友人は少なかったらしい。小仏が民子からきいて知ったのは、秋田市内で農業用機械の修理業をしている水川慎一郎と、角館の写真家の紙屋剛の二人だけだった。

小仏たちは水川と紙屋に会ったが、西坂から連絡はないし、どこへ消えたかの見当もつかないということだった。

小仏は、水川に電話で、男鹿のナイル精機へいったことを話した。

「東京から男鹿市へ主要生産機能を移したという企業ですね。二年ぐらい前、毎日のようにその会社に関する記事が新聞に載っていました」

「伊達悠子さんの娘の織江さんは、ナイル精機の保育所で働いていました」

「消息が分かりましたか。織江という娘はどんなふうに育ったか、一度会ってみたいものです」

「それが、じつは……」

小仏は、ナイル精機の一角で発生した惨劇を話した。

話をきいた水川は、「えっ」といったまま絶句した。嗚咽をこらえていたらしく、しばらくのあいだものをいわなかったが、

「西坂と織江には隠れることのできる場所はないと思います。二人は車で出ていった先で、海に飛び込むかして亡くなったんじゃないでしょうか。哀れです。無念です」

水川は声を震わせた。

「いや、亡くなったとは限りません。織江さんには一時でも頼れるところはないでしょうか」

「頼れるところといったら、奥尻島じゃないでしょうか。悠子さんの両親は地震で犠牲になったということでした。親戚があるかどうか。あったとしても、織江さんを受け入れてくれるとは限りません」

小仏は、織江はきれいな娘に成長してるそうだといった。すると水川は、また鼻をすすって声を詰まらせた。

紙屋に電話した。彼は角館の自宅にいるといったが、きょうは武家屋敷の一軒が倒れかかっているときいたので、その家を撮りにいくつもりだといった。

小仏は、伊達悠子の忘れ形見の織江の住所を見つけて訪ねたが、そこはじつは修羅

場だったと話した。

「修羅場ですって。小仏さん、話してください。いったい、なにが起こっていたんですか」

紙屋は、からだを乗り出すようなききかたをした。

小仏は、伊達織江はナイル精機の保育所に勤めていたことと、彼女が住んでいた部屋では、その会社の社員の男が無惨な姿になっていたことを話した。

「社員の男が死亡していたことは、織江さんと西坂に関係がありますか」

「ありそうです。西坂さんは二月四日の夜、男鹿市内を車で走っていた。翌五日、織江さんは出勤しないし住居からもいなくなっていた。西坂さんも同じで、四日の夜から帰宅していない」

「西坂は、殺人事件にかかわってしまった……」

紙屋は息を吐く音をきかせた。

「二人がいなくなって一週間近くになりますが、身を寄せることのできる場所はあるでしょうか」

「西坂には、ありません」

紙屋ははっきりいった。

「二人は、どうしていると思われますか」

「最後の手段をとったでしょうね」

　水川と同じで、車もろとも氷のような冷たい海へ飛び込んだだろうといっているようだった。

　小仏とイソは東京へもどることにした。秋田駅でレンタカーを返せと小仏がいうと、イソは、

「また新幹線なの。なぜ飛行機にしないの」

「飛行機は落ちるからだ」

「落ちないよ。おれが乗ってるかぎり、絶対に落ちない」

「列車のほうが手続きは簡単だし、終着の東京へ着いてからも交通の便がいい。……おまえはずっと秋田にいて、稲庭うどんを食い、夜はきりたんぽと比内地鶏の鍋をつつきながら、酒を飲んでいたいんだろ」

「そうだ。そのとおりだ」

　イソは、つむじを曲げたような顔をして秋田駅方面へ車を向けた。

　東京へ午後九時すぎに着くこまちに乗った。二人は缶ビールを飲んだ。

「警視庁の偉いさん、今度の一件を知って、頭を抱えたんじゃないかな。……愛人がいることも問題だけど、愛人の父親が事件を起こした。残忍な殺人事件。自首すべきところだったが、娘を連れて逃げてしまった。愛人の件や事件を、何者かに知られな

きゃいいがって、冷や冷やしてるんだろうね」

「そりゃあ、夜も眠れないだろうな。地位が上がるほど高潔でなくてはならない。その点イソの日常は安泰だよな」

「なんとなく、皮肉がからまっているみたいだけど」

イソは首を掻いた。

「愛人か恋人が五人も六人もいて。その女たちがタチの悪い事情を抱えている。強盗や殺人を犯しているかもしれない。それでもイソは毎晩高いびきをかいて、いぎたなく眠っている。おまえのような人間のやっていることは、たとえ週刊誌が書いても、だれも見向きもしない」

「きぃーッ」

つかんでいたビールの缶がねじれてへこんだ。が、イソはビールの缶をつかんだまま盛岡あたりで眠り込んだ。小仏の話などきいていなかったにちがいない。


二人は事務所に着いた。ドアを開けると三和土(たたき)にアサオがすわっていた。アサオはすぐに立ち上がり、小仏の足にからまりついた。抱き上げてやると、みゃーと赤い口を開けた。

次の朝、小仏は安間に電話した。秋田で分かったことを報告したいが、会えるかときいた。安間は情報を欲しがっていたように、待っている、といった。

二人は虎ノ門のカフェで向かい合った。

「えらいことになった」

小仏が切り出した。安間は眉根を寄せた。

「西坂直美さんの父親は、殺人に加担した可能性がある」

「ええっ。おどかさないでくれよ」

男鹿市の船川港椿というところに、ナイル精機という会社がある、と小仏がいうと、

「けさの新聞に、その会社の一角で、社員の男が……」

「その事件だ」

小仏は無精髭を撫でながらいったが、安間の顔は蒼味をおびた。

「父親の西坂真治という人は、木工職人だと電話ではきいたが」

安間は、手をつけていないコーヒーに目を注いでいた。

「優秀な技術を身につけている人だそうで、ナイル精機が注文した応接セットを独りでつくるのを任されていた。おれはテーブルと椅子を見せてもらったが、その出来栄えはみごとだった」

「惜しいな。そういう技術を身につけている人が……」

真治と織江は心中するのではないかと安間はみているらしかった。考えられること

である。二人には行き場がないはずだから。

「二人が生きていこうとしたら、どういうことが想像できる」

小仏がきいた。安間は眉間に二本皺（しわ）を立てて思案顔をしていたが、

「西坂真治は、自分が木工の技術を身につけていることを認識すれば、木工か、それに近い仕事に就くことを考えるんじゃないだろうか。たとえば、テーブルや椅子をつくる仕事なら、人前に立たなくてもいいような気がする」

「そうだな。なんとなく建物の奥のほうで音をさせているような仕事だ」

「気の毒なのは織江だ。生きていくには働かねばならない。過去を隠して働くことのできる場所があるだろうか」

「高飛びすることを考えているかも」

「そうだな。だけど、遠方からきて就職しようとすると、それまでいた土地でなにかやったんじゃないかと疑われる。おれは、二人は秋田市周辺か、秋田県内にいるとみている」

秋田県の人口は約九十六万九千。秋田市の人口は約三十万八千。男鹿市の人口は約二万六千九百。

安間と小仏は、憂鬱（ゆううつ）そうな顔をして別れたが、翌朝、小仏がベッドを抜け出したところへ、安間が電話をよこした。

「けさの新聞に、男鹿の殺人事件が載っていたが、殺された島根卓也とストーブの部屋で話し合っていた男女のほかに、もう一人、部外者がいたことが分かった、と書いてある……」

小仏は、安間の話が終わらないうちに、玄関ドアに差し込まれていた朝刊を開いた。その記事は社会面の左上に載っていた。

二月四日の夜、男鹿市のナイル精機の保育所の別室で、男女と被害者の島根さんはストーブを囲んで話し合っていたが、そこへ一人の男が訪ねてきた。その男はナイル精機の社員ではなかったとなっていた。それが事実なら、事態は一変する可能性がある、と安間はいう。

「そうだな」

小仏は受話器をにぎり直してうなずいた。

「今回のおまえの調査は浅かった。もう一度、男鹿へいけ」

安間は吐き捨てるようにいって電話を切った。小仏は朝刊を丸めてデスクに叩きつけた。足にからみついていたアサオが跳び上がった。

第三章　黒い奇岩の潮瀬崎

1

イソは、すき間風のような口笛を鳴らして午前九時十五分に出勤した。彼は小仏の顔を見ると、

「なにか投げつけないでよ」

と、頭に手をやった。

「秋田へ引き返す」

「えっ。帰ってきたばっかりなのに」

小仏は皺になった朝刊を開いて、イソに読ませた。

「桑野っていうあのおばさん、男がもう一人いたなんていわなかった」

「新聞記者に何度もきかれているうちに思い出したんだろ」

「島根っていう社員は、もう一人の男に焼け火箸で殺られたのかも」

「その可能性はある」

新聞には、もう一人の男はナイル精機の社員ではないとだけ書いてある。その男の身元は分かっていないということではないか。

「秋田へいく。早く支度をしろ」

エミコは押入れから黒い旅行鞄を出して、イソの前へ置いた。

「なぜ、おればっかり連れていくの。たまにはシタジにしたっていいじゃないの」

イソはいきたくないらしい。

「おまえは、車の運転は上手いし、よく気がつくし、骨惜しみしない。おれが少しばかり無理をいっても、はい、はいっていって、仕事をすすめるからだ」

「嘘だ。そんなこと、いったことがないじゃない。いつも、よく喰らうとか、車のなかで眠ってるって、文句ばっかりいってるじゃない」

「早く支度をしろ。けさは安間から、調査が甘かったって、小言をいわれた」

イソは、エミコが洗ってたたんだ物を鞄に詰めた。

「いまからだと、午前十一時台の列車に乗れる。すると午後三時すぎには秋田に着ける」

「今度も、新幹線なの……」

イソは唇をとがらせたが、小仏は返事をしなかった。

イソが鞄のファスナーを締めようとすると、エミコが新聞紙にくるんだものをのせた。

「これ、なんなの」

イソはエミコの顔を見てきいた。

「おにぎり。お昼に列車のなかで」

小仏の足にからみついているアサオを、エミコが抱き上げた。

イソは、「忙しい」とか、「このぶんだと痩せるな」などといいながら、靴を履いた。

彼は今夜あたり、亀有のスナック・ライアンへ飲みにいくつもりだったのではないか。

そこには色白で肉づきのいいキンコがいる。彼は彼女にぞっこんなのである。彼女は二十八歳だが、少し若く見える。

小仏とイソは、亀有駅のホームで電車の到着を待った。

「あ、思い出した」

イソは曇った空を見上げた。

「なんだ」

「キンコは、たしか男鹿の出身だった」

「そうだった。おれも彼女からきいていた」

イソはスマホを取り出すとキンコに電話を掛けた。すぐに彼女が応じたらしい。

「おれはこれから、所長と一緒に、男鹿へいくんだ」

キンコは、男鹿のどこへいくのかときいたらしい。彼女の名字は伊達で、名は君子だったのを小仏は思い出した。

イソは、船川港椿のナイル精機という会社へいくのだと話した。

キンコは、その会社の名は男鹿にいる妹からきいたことがあるといったらしい。それから彼女の実家は、船川港小浜で、海辺に民家が二十軒ほどがかたまっている集落の一軒だといい、男鹿駅からは十キロあまりはなれているといったという。キンコの父親は漁師だった。彼女が八歳のとき船で漁に出た父は帰ってこなかった。何日間か父の船を捜索したが見つからなかった。

小仏とイソが乗った新幹線の列車は、ほぼ満席で東京を発ったが、仙台と盛岡で半数の席が空いた。盛岡では雪がななめに降っていた。ゆく先をさえぎるように聳え立っている岩手山は白一色だ。列車は田沢湖、角館、大曲ととまったが、いずれの駅の近くにも雪が山になっていた。

秋田駅の前にも雪の山はあったが、それは小さくて雪は降っていなかった。厚い雲が割れ、薄陽が差した。

「きょうは、日本海に沈む夕陽が見られるかも」

小仏がいった。

イソは、夕陽などどうでもいいといっているように、レンタカーのハンドルをつかんでいた。市街地をはずれると、巨大な風車の並列する海岸線を走ることになった。

「海が見えた」

小仏はつぶやいた。日本海には一艘の舟も浮いていなかった。突然、雲と海の境からオレンジ色の光芒が一条差して、海を照らした。

「車をとめろ。日没だ」

「日没は毎日くるのに、珍しいの」

イソは車を降りなかったが、小仏は車を出ると、さえぎるもののない日本海を向いて両手を広げた。太陽は三分の一ほどを空に残したところで、天に向かって紅い光を放ち、海に呑み込まれて沈んだ。光は海面に広がり、その光を集めるようにして日没劇は幕を閉じた。紫色に変わった海の上を鳥が二羽飛んでいた。


ナイル精機の保育所に着いた。きょうの小仏は、洗い物をしていた二人の保母に、今後の調査に必要なのでといってあらためて氏名をきいた。桑野順子と生田弘子だった。二人の住所は会社の近くだという。

「島根卓也さんのほかに男がもう一人いたということですが、その男はこの会社の社員ではなかったそうですね」

　小仏は二人を交互に見ながら尋ねた。五十歳の桑野は首を横に振った。四十五歳の生田は、

「会社の人ではありませんでした」

と、かすれ声で答えた。

「あなたがたが知っている男ですか」

「一度か二度、見掛けたことはあります」

　桑野がいった。

「どこで見掛けたんですか」

「ここの前を通ったんです」

「ここの前を通ったということは、伊達織江さんのところへいったということですね」

「そうだったと思います」

　二月四日も以前と同じように、その男をガラス越しに見たのだという。

「どこに住んでいる男か、知っていますか」

「知りません」

　二人は同時に首を振った。同じことを警察官にもマスコミ関係者にも繰り返しきか

れたにちがいない。

「男の服装を覚えていますか」

「黒の厚手のコートを着ていたようでした」

桑野が答えた。生田は男を見ておらず、桑野から、前に見掛けたことのある男が、織江に会いにきたらしいといわれたのだという。

小仏は、その男の年齢と体格をきいた。

「三十代半ばぐらいだと思います。背は一七〇センチ程度で痩せていました」

メガネを掛けていたかときくと、掛けていなかったような気がするとやや曖昧な答えかたをした。

小仏は二人に、二月四日の夕方のことをあらためて整理してもらった。

その日、織江は早番だったので午後五時に保育所から住まいへもどった。午後六時になったので桑野と生田は帰り支度をはじめた。そのとき以前見掛けたことのある男が通路を通ったので、織江に会いにきたのだなと桑野は思い、それを生田に話した。二人は見掛けた男のことなど忘れて、戸締りをして帰宅した。したがって島根卓也が織江を訪ねていたのを知らなかったし、西坂真治がきていたのも知らなかった。西坂真治がきて島根といい争ったというのは小仏の想像である。島根はストーブの部屋の物置きから二月九日に発見された。それまで本人からはなんの連絡もないし、帰宅もしないので、行方不明者になっていたのだった。

三十代半ばとみられている男は車でやってきたのではないか。車でなら保育所の近くへとめたことが考えられるが、桑野と生田は車を見た憶えはないといった。すると男の住所はナイル精機に比較的近いのではないか。それとも勤務先が近くなのか。

小仏は、桑野と生田から二月四日の記憶をきき終えると、秋田市の西坂家へ電話した。真治の妻の民子が応じた。

「ご主人からなにか……」

「いいえ。なんにも連絡はありません。警察もなにも分からないようです」

彼女は力ない声で答えた。

伊達織江の行方については、勤務先のナイル精機が行方不明者届を出しているだろう。

小仏が車にもどると、イソは目を覚ましたような声で、あしたはこの近く一帯の家を片っ端から聞き込みしようといった。イソにしては珍しいことだったが、それしか方法はなかろうと小仏はうなずいた。

海辺は複雑な地形の海岸線だ。船川港女川、船川港台島(だいしま)、船川港椿、船川港双六(すごろく)、船川港小浜、船川港本山門前(ほんざんもんぜん)の集落が小さな港を囲むようにかたまっている。その集落を一本の県道が結んでいる。集落の一軒できけば、各家の家族構成が分かりそうな気もした。

保育所を見回りにきた警備員に、この近くに旅館か民宿があるかときくと、門前漁港の近くに長楽館（ちょうらくかん）という旅館があると教えられた。

「窓からは潮瀬崎（しおせざき）の岩場が眺められます。浅瀬に黒い奇岩がにょきにょき立っていて、ゴジラ岩というのもあります」

と、観光案内を受けた。

長楽館へはイソが電話を掛けた。空室はあった。ひょっとすると今夜の宿泊客は、小仏とイソだけかもしれない。

2

長楽館に着くと、女将（おかみ）らしい女性に、「寒かったでしょ」といわれて二階の部屋へ案内された。窓を開けてみると黒い海が広がっていて、沖のほうに小さな灯が二つ見えた。その灯をじっと見ているとかすかに上下していた。

夕飯はきりたんぽ鍋にするがいいか、と女将にきかれた。

「温まりそうだし、大好きです」

小仏が答えると、すぐに用意するので一階へといわれた。

一階では五十代に見える男客が一人、いぶりがっこを肴に酒を飲んでいた。飲みながらペンを持ってなにか書いている。なにかを思いつくとペンをにぎるようだ。

「鍋にはやっぱ日本酒だね」

イソは、あちっ、あちっといいながら焦げめのついたたんぽをつついた。

「これ、この前食べにいった川反通りの店より旨い」

イソがいうとおり、素朴な味が旨かった。ハタハタの唐揚げは絶妙だ。

「お客さんは、東京から、お仕事ですか」

女将は酒のおかわりを運んできた。

「仕事だが、人をさがしているんです」

小仏がいった。

「人をさがすというと……」

「ある事件の現場に居合わせた、三十半ば見当の男をさがしているんです」

「事件、現場……」

女将は目つきを変え、首をかしげた。もしかしたら事件好きなのか。

「事件ていうと、秋田市ですか」

「いや、この先のナイル精機の保育所で起きた事件です」

「ああ、社員の男の人が……」

女将は口に手をあてたが、

「お二人は、警察の方ですか」

と、独りで酒を飲んでいる客のほうへちらりと視線を投げた。

小仏とイソは、首を振った。

警察官でない者が、事件現場に居合わせた男をさがしに東京からやってきた。女将は明らかに小仏とイソの正体を知ろうとしていた。

小仏は女将を味方につけることにした。イソには酒を飲ませておいて、小仏は調理場へ顔を突っ込んだ。そこには鉢巻きをした主人がいた。

小仏は、主人と女将に向かって、二月四日の夜、ナイル精機保育所の別室で起こったと思われる事件を話した。

旅館の二人は真剣な表情をして彼の話をきいた。

「三十代の社員の男が、口に焼けた火箸を突っ込まれて殺されたことは、テレビでもやりましたし、新聞にも載っていましたけど、その日、現場には、だれとだれがいたかははっきり分かっていないようでした。社員でない三十代半ばの男と五十代の男がいて、保育所に勤めている女性と話し合いをしていたらしいと、新聞には書いてありましたけど、いったいなにがあって、二月四日夜に集まったのかも分かっていないようですね」

主人がいった。

小仏はそのとおりだといい、伊達織江に呼ばれて西坂真治が駆けつけたらしいという推測は話さなかった。

「社員でない三十代の男が、保育所の伊達織江さんを訪ねたことはまちがいない。その男がだれだったかを私たちは知りたいんです」

「小仏さんたちは、警察の方ではないということですが、そういう方が、どうして事件をお調べになるんですか」

主人の質問はもっともだった。

「私たちは警察の依頼で行動しています。警察には表に出すことのできない事情があるんです」

主人夫婦は納得できないのか、曇った顔をしたままだった。

小仏は食堂へもどった。酒を飲みながらときどきペンを動かしていた男はいなかった。イソは、いぶりがっこを指でつまんで食べて酒を飲んでいたが、上体が揺れはじめていた。

「それ、何杯目だ」

小仏がきいた。

「人が気持ちよく飲んでるのに、監視してるみたいなことを、いわないで。折角(せっかく)の酒がまずくなる。所長もそこにすわって、するめの足でもしゃぶったら」

　イソの酒は四杯目らしい。それを飲み終えると、どこにいるのか分からなくなって、畳に倒れるにちがいない。

　石油ストーブを焚いている部屋は暑くなった。窓を半分開けた。雪が狂ったように乱れ舞っている。黒い海では岩を嚙む波頭だけが白い。獣が吠えているように海が鳴る。ときどき地響きもする。

　窓をしめた。イソのからだがかたむいた。倒れるからだをこらえているのか、脂を塗ったような目は半分見開いている。


　次の日の朝、二月四日の夕方、ナイル精機の保育所を訪ねた男をさがした。三十代半ばで、身長一七〇センチ程度で痩せぎすというデータしかない。そのデータに該当しそうな男は、この海沿いの集落に何人もいるだろうか。

　その男は、保育所へ歩いてきたらしい。すると自宅はそう遠くではなさそうだ。小仏とイソは、船川港椿地区の沿岸沿いに並んでいる住宅を片っ端からあたることにした。データに該当しそうな青年がいるかをさがすためだ。

　イソが、昼食を摂れる店があるだろうかとつぶやいた直後、自転車に乗った四十歳見当の主婦らしい女性を小仏が呼びとめた。漁協に勤めているが、自宅へ昼食を摂りにいくという人だった。

「お客さんがさがしているのは、哲ちゃんのことじゃないかしら」

「哲ちゃん……」

小仏とイソは同時にいって顔を見合わせた。

「すぐ近所の白井さんの息子で、哲平という名です。一週間ぐらい前の夕方、お勤めから帰ってくると、ふらっと出掛けて、それきり帰ってこないんです」

「哲平さんは身長一七〇センチぐらいで、瘦せぎすで、三十代半ばですか」

「そうです。ひょろっとしています。たしか三十三歳のはずです」

「なにをしている人ですか」

「いまは、男鹿駅の近くのレストランに勤めているようです」

主婦は、白井哲平の職業をはっきりとは知らないようないいかたをした。

「自宅を夕方、ふらっと出掛けた人が、一週間も帰ってこない。それは異常です。白井さんのご家族は、警察に届けたでしょうか」

「ゆうべの話では、三日ぐらい前に男鹿の警察へ相談にいったそうです」

小仏は、白井家の家族についてきいた。

「お父さんは大工さんです。遠方へ仕事にいくこともあって、毎日は帰宅しないんです。お母さんはこの近くの漁民研修センターに勤めています。妹が一人いましたけど三年ほど前にお嫁にいって、秋田に住んでいるそうです」

小仏は、主婦のいったことをノートに控えた。

イソは主婦に、この近くに食堂はないか、ときいた。

「食堂はありません。……お腹がすいたんですね」

主婦はイソの腹のあたりに視線をあてた。

「取材中に、腹がすいたなんて」

小仏はイソをにらみつけた。

「おにぎりでよかったら、わたしがつくりますけど」

「それで結構です。ぜひ、お願いします」

イソは両手を合わせて拝む真似をした。

主婦の家は、すぐ近くだった。小仏とイソは、キッチンのテーブルへ招ばれた。

主婦は手ぎわよくポットの湯を急須に注いで、

「すぐつくりますからね」

と、にこにこしながら電気釜の蓋を開けた。

「こちらには、お子さんは」

小仏がにぎり飯をつくりはじめた主婦にきいた。

「中学と小学生の男の子がいます」

主婦は白いにぎり飯を二つずつ皿に盛り、白と黄色のタクアンを添えて、小仏とイソの前へ置いた。にぎり飯の芯は細かくきざんだコンブの佃煮だった。

「旨い。奥さんは、料理が上手ですね」

イソは、見えすいた世辞をいったが、少し塩をまぶしたにぎり飯はたしかに旨かった。

主婦もにぎり飯を一個食べ、お茶を飲んだ。彼女は漁協へいく。仕事をてきぱきとこなしそうな人に見えた。

白井哲平の家をきいて主婦と別れた。小仏は主婦の家の表札を見てノートにメモした。「七尾」という姓だった。

「あの奥さん、エミコに似てるな」

小仏は、自転車を漕いで遠ざかる主婦の後ろ姿を見送った。

「おれもそう思いました」

「イソよ。おまえは厚かましく出来ているんだな」

「なに……。おにぎりをご馳走になったことをいってるの」

「そうだ」

「所長も食ったじゃない」

白井哲平の家は木造二階建てで、両隣の家よりも新しく見えた。玄関脇に緑色の屋根の犬小屋があるが犬はいなかった。玄関へ声を掛けたが、返答はない。

左隣の家の戸が開いて、主婦らしい白髪頭の顎のとがった女性が顔をのぞかせた。

小仏が主婦の前へいって、哲平の消息は分かったかを尋ねた。

「けさもお母さんにききましたけど、なんの連絡もないということです。あなたがたは哲ちゃんの行方をさがしておいでですか」

小仏は、そうだと答えた。

「哲ちゃんは、なにかの事件にでも巻き込まれたんじゃないでしょうか」

主婦は玄関の戸につかまるようにしていった。

「事件に巻き込まれそうな人ですか」

「いいえ。気の弱そうなおとなしい息子です。真面目な人とみています。ただ……」

主婦はいいかけた言葉を呑み込んだ。

「現在は、男鹿のレストランに勤めているそうですが」

小仏は、一歩主婦に近寄った。

「そのようです。どういうわけか仕事をよく変えるので、飽きっぽい性(たち)じゃないかっていう人もいます。二年ぐらい前まで漁船に乗っていましたけど、荒れた海を経験して、危険な仕事だといって辞めました。その前は、たしか男鹿の自動車整備工場で働いていました」

「哲平さんの行方不明を、警察に届けたそうですが、警察はさがしているようですか」

「一度だけ、刑事さんがうちへ哲ちゃんのことを聞きにきました。刑事さんは、ナイル精機の保育所での事件と関係があるんじゃないかっていっていましたけど、わたしには事件のことなんかさっぱり分かりません。この辺では事件なんて起きたことがなかったのに」

　主婦は話し好きなのか、事件好きなのか、つっかけを履いて外へ出てきた。

「あなたたちは、哲ちゃんの行方をさがしているっていったけど、哲ちゃんとはどういう関係ですか」

「哲平さんとは関係がありません。ある人の行方をさがしにきたら、白井哲平さんが行方不明になっているときいたので、もしかしたら私たちが行方を追っている人と関係があるんじゃないかって考えたんです」

「ある人は、どこのなんていう人ですか」

　主婦は両肩を揺すった。

「ナイル精機の保育所に勤めていた女性です」

　主婦は両手で頬をはさんだ。

「足が少し不自由な女性では……」

「見掛けたことがあるんですね」

「潮瀬崎の岩場を、哲ちゃんの手につかまって歩いているところを、見たんです。去年の秋のいいお天気の日でした。二人を見てわたしは、哲ちゃんに好きな人ができたんだって思いました」

これは重要な情報だった。哲平と一緒に岩場で遊んでいたのは伊達織江にちがいない。二人は恋人同士の間柄だったのだろうか。それでは、焼けた火箸を口に差し込まれて殺されていた島根卓也と織江は、どういう間柄だったのか。

哲平と卓也は、織江をめぐって争ったということも考えられる。二人の男は織江の部屋で鉢合わせした。おたがいに織江が好きだったので話し合いが激昂に変わり、哲平のほうが焼けた火箸をつかんだということか。

卓也を殺してしまった哲平は自宅へ帰れなくなり、遠方へでも遁走したのではないか。

小仏は、男二人の争いの場へ西坂真治が駆けつけたものと信じている。真治は、織江が危険にさらされているのを想像したからだろう。

真治と織江は、哲平が卓也を殺すのを目のあたりにした。それで事件現場を抜け出して姿を消した。なぜなのか。警察の事情聴取を受けたとき、説明できない出来事があるからんでいる。それで逃げているのか。

「所長」

小仏が主婦と向かい合っているのに、イソが呼んだ。なにかを思い付いたらしい。

イソは小仏の耳へ口を寄せた。

「西坂真治と伊達織江も、殺されたんだよ」

「まさか……」

小仏はイソの顔をにらんだ。

ストーブの部屋には四人がいただろう。話し合いがこじれたか、嫉妬に燃えた哲平が焼けた火箸をつかんで卓也の口に刺し込んだ。卓也はひと暴れして死んだ。その犯行を目のあたりにした真治と織江を、哲平は焼けた火箸を使うか、近くにあった棒でもつかんで、叩き殺し、遺体を海にでも投げ込んだ――というのがイソの推測だ。

「海までは二百五十メートルもはなれている。死んだ二人を引きずっていくのは不可能だ。人に見られる危険もあるし」

「真治が乗ってきた車があったじゃない」

イソは、突如湧いた自分の推測に酔っているようにもみえた。

小仏は、哲平の父の名をきいた。

「忠義さんです。いま五十八歳か五十九歳で、よく働く真面目な人です。お母さんも働き者で、とてもきれい好きな人です。名はあさ子さんです」

「忠義さんは、遠方へ仕事にいっているんですか」

「北浦真山というところにある、なまはげ館の補修の仕事にいっているようです。哲ちゃんがいなくなったのをきいて、いったん帰ってきましたけど、仕事が気になるのででていって、また出掛けたんです。そう、泊まり込みの仕事です」

なまはげは男鹿の名物。ユネスコ無形文化遺産に登録された、大晦日の夜の行事に現われる神の使いだ。

3

車はぎっしりと幹を並べた杉林の暗がりを抜けた。車が走っていない道路はくねくねと曲がり、沢をいくつも渡った。人家はまったくない。小屋も見えない。イソは車をとめて、ナビを確認した。小仏が話し掛けても返事をしなかった。約一時間走ったところで、「あった」とイソは声を上げた。なまはげ館は観光名所のはずだが目を引くような標識もなく、葉を落とした小木のなかにひっそりと建っていた。隣接するのは杉木立に囲まれた真山神社だ。

雪が薄く積もった駐車場には小型トラックと乗用車が二台とまっていた。

建物の壁は石積みで重厚な構えだ。奥のほうに灯りが点いていて、人が動いているのがガラス越しに見えた。きょうは休館日なのか、入口は施錠されていた。

イソが灯りに向かって大声を掛けた。体格のいい男が出てきてドアを開けた。白井忠義さんはいるかときくと、

「奥で仕事をしています」

といって、男は小仏たちの前を歩いた。赤い面をかぶり蒿蓑（わらみの）を着たなまはげが右の目に入った。なまはげの展示室があるが、そこの前を通り越した。

三十歳そこそこの男が鉋で板を削っていた。白髪頭に手拭いで鉢巻きをした男が床にすわって鑿（のみ）で穴を掘っていた。それが白井忠義だった。

小仏は腰を落として名乗り、哲平さんをさがしているといった。

忠義は小仏の顔をじっと見てから、

「どこへいったのか、なにがあったのか、さっぱり分かりません。警察もさがしてくれるといったが、はたして……」

といって首を垂れた。

「哲平さんは、二月四日の夕方、ナイル精機の保育所に勤めている伊達織江さんを訪ねたようです」

小仏がいった。

「警察もそういっていました。……織江さんがいた部屋では事件が起きて、ナイル精機の社員が殺されていた。哲平はその事件に関係したので、行方をくらましたんじゃないかって、警察はみているようです。哲平はそんなことをするような子じゃない。そこで起きた事件には、かかわっていないって思っています」

忠義はそういうと、頭の鉢巻きをほどいて目にあてた。

「哲平は、気の弱い子です。上の者に怒鳴られたり注意されたりすると、そこの勤めが嫌になって辞めていました。警察はそういう哲平を、不良性のあるやつとみたようです。哲平には、不良性なんてありません」

忠義は木の屑をつかむと、悔しげに床に投げつけた。

俯いていた忠義はなにかに気付いたように顔を上げ、なぜ哲平の行方をさがしにきたのか、と小仏にきいた。

「私たちは、ある方の依頼を受けて、伊達織江さんの行方をさがしにきたんです。そうしたら、彼女の部屋で事件が起きて、彼女はいなくなった。私たちは彼女の行方について哲平さんから話をきくつもりだったんです」

忠義は額に手をやって、首を左右に振った。

ここへ案内してくれた体格のいい男がお茶をいれてくれた。

「なまはげをご覧になったことは」

男は、小仏とイソの顔を見てきいた。

「テレビで観たか、秋田のパンフレットのようなもので見た程度です」

男は微笑してうなずいた。

「大晦日の夜、それぞれの集落の青年たちが、なまはげに扮して、『泣く子はいねがー』『親のいうこと聞がね子はいねが』『ここの家の嫁は早起きするがー』などと大声で叫びながら、地域の家々を巡ります。男鹿の人々にとってなまはげは、怠け心をいましめ、無病息災、田畑の実り、山の幸、海の幸をもたらす、年の節目にやってくる来訪神なんです。……なまはげを迎える家では、昔から伝わる作法によって料理や酒を準備してもてなします。一九七八年『男鹿なまはげ』として重要無形民俗文化財に指定されましたし、二〇一八年にはユネスコ無形文化遺産に『来訪神、仮面・仮装の神々』のひとつとして登録されました。……なまはげの起源については諸説がありまして、昔ばなし『九百九十九段の石段』の、漢の武帝が引き連れてきた鬼が五社堂に祀られて、なまはげの起こりになった。また、遠く海上から男鹿を望むと、日本海に浮かぶ山のように見え、その山には村人の生活を守る山の神が鎮座するところとして畏敬され、山神の使者がなまはげである。また、男鹿の本山である真山は古くから修験道の霊場だった。ときどき修験者は山伏……」

男は厚い両手を口にあてると、部屋の建具が震えるような大きいくしゃみをした。

「失礼……。修験者は山伏の修行姿で村里に下りて、家々をまわり、祈禱を行いましたが、その凄まじい姿をなまはげとして考えたという説もあります。……もうひとつ説がありまして、それは、男鹿の海岸に漂流してきた異国の人たちは、村人にはその姿や言語がまさに『鬼』のように見えたりきこえたりしました。そうしたことから、なまはげは漂流異邦人だったともいわれています」

なまはげの面が陳列されていた。地域ごとに顔のつくりや色、髪のかたちがちがっている。目をそむけたくなるような恐ろしい形相のものもあるが、角と牙がありながら、どこか愛嬌を感じられる面もあった。

なまはげはどれも蓑をまとい、藁沓を履いていた。大晦日の夜、人家の障子を破ってあばれ込み、「泣く子はいねがー」と怒鳴りながら踏み込んできて、子どもに向かって手を振り上げる。震え上がった子どもは親の腰にしがみついて悲鳴を上げる。

地域によっては和太鼓を融合させ、男鹿独自の郷土芸能に仕上げているという。

蓑をまとったなまはげが勢ぞろいしているコーナーもあった。顔の色がとりどりだ。なぜか手桶を提げているのがあった。

「これ、おまえに似てるな」

小仏は、白い牙をむいているのを指した。

「やめてよ。おれは牙なんか生えていないよ」

なまはげ館の隣には男鹿真山伝承館があった。それは古びた曲屋(まがりや)民家だ。そこでは地元真山地区のなまはげの実演が行われているという。

小仏とイソは、黙々と作業をつづけている忠義に頭を下げて、なまはげ館をあとにした。

杉林にはさまれた山道を抜けると県道へ出て、トンネルをくぐった。視界が展(ひら)けてきて海辺に出た。砂浜が広がっていた。夏場は海水浴場になるようだ。そこから車首を北へ向けさせた。

「なにがあるの。もうなまはげは沢山(たくさん)だよ」

「日本海を眺めるんだ」

「日本海なんて、さんざん眺めてきたじゃない」

「いや、これから見る日本海はいままでの海とはちがう」

十分ばかり走ると、

「あ、入道崎(にゅうどうざき)」

「日本海に突き出た男鹿半島の先端だ」

草原の先に白と黒に塗り分けられた灯台が立っていた。小仏とイソは車を降りた。膝(ひざ)の丈ほどの草は陸地を向いて倒れていた。墓標のようなものが見えたので近寄った。北緯四〇度のモニュメントだった。曇り空の下の灯台は根を張ったようにどっしりと構えていた。一八九八年建造だという。草原には黒い岩がいくつも立っていて、海風のなかで笛を吹いている。鉛のような色の空から光が差した。一瞬海が輝いた。草原の前には売店が並んでいるが、開いている店はなかった。

冷たい風にちぎられそうな耳を押さえて車にもどった。

「所長」

「でかい声で呼ぶな」

「今夜はどこに泊まるの。この風景を見てると、泊まれそうなところどころか、家は一軒もないじゃない」

「たしかになにもない。ひどく寒いし、腹もすいた。このままだと、凍えて死ぬことになるんだろうが、おれは、おまえとだけは一緒に死にたくない」

「おれもだ」

イソは、左手に日本海を見せて海沿いを走らせた。海面を滑っていく船の姿はない。視界に入るのは、鉛色の海と杉林だけである。雑木林を背負う建物が見えた。近づいた。廃屋になった食堂だった。

小仏がナビを指先でつついた。

「男鹿温泉郷」

イソがいった。

「そこにはホテルや旅館が何軒かあるらしい」

「所長は、それを知ってたんだ」

「地図を見てな」

「それならそういえばいいのに。所長はほんとに、意地悪なんだね。人に好かれないでしょ」

湯ノ尻という地域に着いて小川沿いに遡るとホテルがあらわれた。

4

大風呂に浸った。露天風呂にも入った。イソは子どものようにはしゃいで、大風呂と露天風呂を往復していた。

部屋は和風旅館の名残りで、畳敷き。そこにベッドが据えられている。食堂は洋風の造りで各テーブルには花が飾られていた。

イソは空腹をこらえて風呂に入っていたらしく、小仏が食堂へ入ったときにはジョッキでビールを飲んでいた。

一口飲んでから、「旨い」といったのは、ハタハタの吸い物。

「こんな旨いの、初めてだ」

イソは、お代わりをしたいくらいだといった。

魚の刺し身を食べ、牛肉を焼いて食べ、酒を飲んでイソは動かなくなった。ホテルではこういう客がいることに慣れているらしく、男が二人、車椅子を転がしてきた。

イソは酒を飲んで正体を失くすが、朝の目覚めは早いらしい。小仏が七時半に朝食の食堂へ入っていくと、イソは、

「遅いじゃないですか」

と、コーヒーを飲みながらいった。

小仏はものをいわず、冷たい水を飲んでからバイキングの皿を持った。

「けさは、海から昇る太陽を拝みました。一日のはじまりにふさわしく、晴れやかな気分になりました」

イソは胸を張った。

「そりゃよかったな」

「所長は、朝、ぱっと目が覚めないから、朝は食欲がないでしょ」

「ああ」

「ダメですね。一日一日を大切にするには、日の出とともに起きて、外を散歩、ただ歩くだけでなく、初めて訪れた土地を観察して歩いてから……」

「うるさいから、ロビーでテレビでも観ていろ。おれは静かに、ゆっくりメシを食い

たい」

　小仏はここでもいぶりがっこを食べた。どうしてなのかどこで出されても色とかたちは同じだが、味がちがうのだ。

　真っ赤なつぶつぶのものがあったので、白い皿に盛った。従業員にきいてみると「とびこ」といってとびうおの卵だという。

　食後のコーヒーをと椅子を立ったところへ、ロビーにいたはずのイソが食堂へ飛び込んできた。目尻が吊り上がっている。

「けさ、観光客が、海の岩場へ打ち上げられていた男の遺体を発見したそうです」

　テレビの臨時ニュースが流れたのだという。

「そりゃどこだ」

「潮瀬崎だそうです」

　男鹿半島西海岸屈指の景勝地だ。旅館の長楽館の窓から眺めたところだ。

　小仏はコーヒーなど飲んでいられなくなった。車に乗るとナビを見ながら地理をイソと話し合った。その結果、半島西端の戸賀湾に出て、海岸沿いを走るのが早そうということになった。その途中には八望台といって、「一ノ目潟」「二ノ目潟」という火山湖「マール」が見られるというが、そこを見物してはいられなかった。

　車は男鹿半島線という海岸に沿う県道をくねくねと曲がって走り、カンカネ洞や大方に山頂の丸い寒風山が見えた。
桟橋の景勝地を走り抜けた。海は穏やかに見えるが、岩を嚙む波は白かった。東側遠方に山頂の丸い寒風山が見えた。

門前漁港を通って潮瀬崎に近づいた。道路にはパトカーや警察車両と思われる車が何台かとまっていて、制服警官の姿も目に入った。

小仏が車を降りるとスーツ姿の男が近づいてきた。男鹿署の赤井警部だった。

「小仏さんは、まだ男鹿にいたんですか」

赤井はにらむ目をした。

「いったん東京へもどりましたが、見落としがあったことに気がついて、引き返してきたんです」

小仏は、岩場で発見された遺体の身元は分かったのかときいた。

「白井哲平さんでした。お母さんが対面して確認しました」

なまはげ館にいる父親は間もなく到着するだろうと赤井はいって、唇を嚙んだ。哲平は殺されたものと思っているにちがいない。殺害されたのは、哲平が織江の部屋を訪ねた夜にちがいない。彼は島根卓也と同様、ナイル精機の保育所に隣接するストーブの部屋で殺られ、そして遺体を海に投げ込まれたのではないか。

哲平の遺体は、解剖検査のために秋田大学医学部へ運ばれたという。

小仏は車のなかから秋田市の西坂家へ電話した。民子が小さな声で応じた。

真治からは依然として連絡がないという。民子はけさの臨時ニュースをテレビで観ただろうか。彼女は島根卓也も白井哲平も知らないはずだ。なぜ殺人事件がつづくのかと首をかしげているような気がする。

小仏は、哲平の母親のあさ子に会って悔やみを述べた。

「二月四日の夕方、哲平さんは、ナイル精機保育所の伊達織江さんに会いにいったんでしょうね」

「そうだと思います。生の栗を袋に入れて持っていきました」

「生の栗を……」

「焼いて食べるつもりだったんだと思います」

そうか。織江がいる部屋には薪ストーブがある。ストーブから熾を掻き出して栗を焼くつもりだったのか。いや焼いた栗を食べながら語り合っていたのかもしれない。そこへ島根卓也が入ってきたことも考えられる。

「お母さんは、織江さんに会ったことがありますか」

小仏は、細い目をしたあさ子にきいた。

「哲平が織江さんを一度ここへ連れてきたことがありました。織江さんは、赤ん坊のときにお母さんを地震による怪我がもとで亡くしたといいましたので、不幸な人なのだなって思いました。やはり地震のさいにお母さんに抱かれながら怪我をしたといって、右足が少し不自由のようでした。でも丈夫そうだし、器量よしなので、もしかしたら哲平は、彼女との将来のことを考えているのではと思いました」

「そういう話をされましたか」

「いいえ。わたしはそれとなく織江さんを観察していただけでした。あ、ひとつ思い出したことがあります」

彼女は左の頰に手をあてた。

「織江さんは、手先がとても器用なんです」

「ほう。なにかをつくる……」

「枯れた木の枝なんかで、小さなネコやネズミを彫刻刀で彫るということでした。彼女が腰に小さい動物を付けていたのを見たので、わたしがきいたんです。そうしたら自分で彫るのだといいました。それを趣味にしているといっていました。わたしは彼女が付けていたのを見ただけですけど、それはうまくできていて、売り物にもなりそうでした」

それは血筋ではないか。織江の父親の西坂真治は、すぐれた腕前の木工職人なのだ。

小仏は織江が彫った動物を見たかった。彼女の部屋には作品がいくつかあるだろうが、そこへ入ることはできない。

小仏とイソは、ナイル精機の保育所をのぞいた。保母の桑野と生田が、別室で起きた事件を忘れたように二十人ほどの子どもを遊ばせていた。

小仏は桑野に近寄って、織江の趣味を知っているかときいた。

「木で小さな動物を彫っていましたけど、それのことですか」

彼女はズボンのポケットから光った鍵を取り出した。それの紐の先には小さいウサギが付いていて、織江にもらった物だといって小仏の手にのせた。

「わたしはトラ」

生田は小銭入れに小さな木のトラを付けていた。胴体には縞模様が描かれていた。

織江は、枯れ木の枝を拾ってきて彫刻刀で動物を彫るのだが、毎晩なにかを彫っているらしいので、彼女の部屋には作品がいくつもあるのではと桑野と生田はいった。

警視庁は、通信会社の協力を得て西坂真治と伊達織江のスマホの通信記録を調べているが、二人のスマホは電源が切られたままになっている。

二人は一緒にいるのか、それとも死んでしまったのかも分かっていない。

夕方になって男鹿署は、海の岩場で遺体で発見された白井哲平の死因について報道記者に発表した。

それによると、哲平は口のなかから喉にいたるまでを火傷し、それが原因で即死したことが考えられるということだった。死後七日か八日。つまりストーブの部屋の物置きで発見された島根卓也と死因も死んだ日も同じである。哲平は死後、海辺に運ばれ、そこから海へ投げ込まれた。幾日かは海中をただよっていたが、荒波によって岩の上へ打ち上げられたものとみられた。

ストーブの部屋には西坂真治もいたと思われる。彼がその部屋にいたというのは小仏の想像だ。だが、その部屋を使っていた伊達織江がいなくなっているのだから、真治は織江とともにそこを抜け出し、どこかを放浪しているにちがいない。

赤く焼けた火箸を二人の男の口に刺し込んだのは、真治だったのか、織江だったのか。

二人を殺してしまった真治と織江は、そこにいられなくなって逃亡した。いまも二人は真治の車に乗って徘徊(はいかい)をつづけているのだろうか。

小仏は赤井警部に、哲平は自宅を出るさい、生の栗を持っていったらしいが、ストーブの部屋でそれを食べた痕跡はあるかときいた。

「全員が焼いた栗を食べた痕跡がありました。ストーブを囲んですわり、その前へ焼けた栗と、むいた皮を置いていました。全員とは五人です」

「五人……」

ストーブを囲んでいたのは、伊達織江、西坂真治、島根卓也、白井哲平だけではなかったのか。

5

二月四日の夜、織江が使っていたストーブの部屋にいたのは五人。五人とも焼いた栗の皮をすわっていた位置に置いていた。ストーブを囲んでだれがどこにいたかを特定するために、栗の皮は検査された。全員のすわっていた位置は分かったが、一人の身元が不明だった。男か女かも分からない。その人間が生きているかどうかも不明だ。

この栗の皮の唾液(だえき)の検査によって西坂真治が織江の右横にすわっていたことが判明した。

小仏の想像はあたっていた。彼は妻の発病のために医師を車で迎えにいくはずだったが、じつは医院へいかず、男鹿のナイル精機へ向かったのだった。娘である織江に、『助けて』とでもいわれ、車首を医院とは反対の方向へ向けたのにちがいない。

織江のいるストーブの部屋ではなにかが起こった。が、真治が到着したことによって起きていたなにかがおさまったのではないか。だから真治がすわっていた位置にも栗の皮があったのだ。

だが、なにかのきっかけで話し合いがもつれた。そして話し合いは争いに発展した。ののしり合いかつかみ合いになり部屋の空気は殺気をおびた。真治か、織江か、もう一人の人間かが、ストーブに突っ込まれていた火箸をつかんで、卓也か哲平の口に刺し込んだ。それをとめようとしたどちらかも焼けた火箸を呑み込むはめになった。残った三人はその部屋にいることができず、行方をくらました。いやそうではないだろう。焼けた火箸で殺した卓也を物置きに押し込み、同じように殺した哲平を部屋から引きずり出し、おそらく車に乗せて海辺へ出、断崖から海へ投げ込んだような気がする。

三人は共犯者になった。寒風を衝いてどこかへ逃げた。いまも三人は束になっているのか、それともばらばらになったか。

ナイル精機の広い駐車場に、何日間か動かない乗用車があるのが発見された。放置車両の可能性があるとみて、これを男鹿署に届けたところ、潟上市天王の津和山家の所有だと判明し、使用していたのは同家長男の加一だと分かった。

津和山加一は二十九歳で独身。秋田市の犬山開発の社員だが、二月四日以降、帰宅していないし、出勤もしていない。津和山家は加一の勤務先と話し合って、警察に行方不明者届を出していた。

「織江の部屋でストーブを囲んでいたのは五人で、その一人が津和山加一だったんじゃ」

イソがいった。

「その可能性がある」

小仏は宙の一点をにらんだ。

小仏とイソは、潟上市天王の津和山家を訪ねることにした。

津和山加一の家は船川街道沿いで、男鹿線の電車が見えた。木造二階建ての家はわりに大きく、庭もあった。玄関には太い字の表札が出ていた。インターホンに呼び掛けるとすぐに女性が応えて、玄関ドアが開いた。五十をいくつか出たと思われる痩せぎすの女性が出てきた。加一の母親だった。

小仏は、東京から秋田市のある人の行方をさがしにきたのだが、その行方と、加一さんの行方不明は関係があるのかもしれない、といった。

蒼ざめた顔色の母親は、小仏とイソを座敷に通した。二人の話をじっくりききたいといっているようにみえた。パンダのような白黒の柄の猫がいた。廊下にいる猫は、小仏とイソを金色の目でじっとにらんでいた。

「加一さんの車は、ナイル精機の駐車場で見つかりましたが、加一さんはナイル精機を訪問したのでしょうか」

小仏が、暗い表情の母親にきいた。

「そうだろうと思いますけど、わたしには仕事のことは分かりません。知っているのは、男鹿へはちょくちょくいっているということでした」

「仕事でですか。それとも個人的な用事で……」

「仕事だったと思います。ですから車をナイル精機の駐車場へ置いていったのではないでしょうか」

「お母さんは、加一さんから、伊達織江さんのことをおききになったことがありますか」

「どういう方でしょうか」

織江についてきいたことがないのか、彼女は小仏の目を刺すように真剣な顔をした。

「ナイル精機には、幼い子どもを持っている従業員が何人もいます。お母さんの就業中、その子どもをあずかる保育所があって、伊達織江さんはそこで保母をつとめているんです」

「何歳の方ですか」

「二十七歳です。もしかしたら加一さんは二月四日の夕方、その織江さんを訪ねたのではないかと思ったんです」

「けさの新聞には、ナイル精機の保育所の従業員の一人が行方不明だと出ていましたが、それは織江さんという方のことでしょうか」

彼女は、顎と手を震わせた。

小仏は、織江が使用していたストーブの部屋のもようを説明し、織江の横には父親がいたのだと話した。

「織江さんという方は、お父さんと住んでいたのですか」

「お父さんは秋田に住んでいるんですが、織江さんに急用ができて、電話で呼ばれたのだと思います。織江さんは保育所の隣の部屋で暮らしていましたが、二月四日の夜は、織江さんを囲むように、ストーブのある部屋に男性が四人いました。彼女のお父さんと、ナイル精機の社員と、同社の近所に住んでいる男性と、そして加一さんだと思われます。ナイル精機の社員はストーブの部屋で殺されましたし、近所に住んでいた男性もその部屋で殺され、海に放り込まれましたが、けさ、遺体で見つかりました」

母親は寒さをこらえるように肩を抱いた。

二月四日以降、加一から一度でも連絡があったかときくと、母親は弱よわしく首を横に振った。

「わたしは毎日、何度も加一に電話していますけど、なんの応答もありません」

彼女は消え入りそうな声で答えた。

「加一さんは犬山開発の社員でしたが、どのような仕事をなさっていたか、ご存じですか」

「観光開発という部署にいるのは知っていましたけど、どんな仕事なのか詳しいことは知りません。家では仕事のことをほとんど話しませんので」

彼女はそういってから、なにかを思い付いたらしく俯けていた顔を起こした。

「織江さんていう方、手先がとても器用なのでは……」

「そうきいていますが、なにか……」

「何か月か前ですけど、手先の器用な女性からいただいたと加一はいって、木でつくった小さいウマを見せてくれました」

加一はそれを部屋に置いていると思うと母親はいって膝を立てた。

彼女が手にしてきたのは、五センチほどのウマで、茶色に塗ってあった。ウマはまるで微笑んでいるようなやさしげな小さな目をしていた。

「伊達織江さんの作品だと思います。織江さんは枯木の枝を拾ってきて、彫刻刀で動物を彫るのを趣味にしているそうです」

「いい趣味ですね。その人に会ってみたい」

母親は小さなウマを両手に包んだ。


小仏とイソは海辺の旅館の長楽館にもどるつもりだったが、白井哲平の家から男が二人で出てくるのを見て車をとめた。父親の忠義は補修工事にいっているなまはげ館からもどってきたらしく、客の二人を玄関で見送っていた。客は哲平の不幸を知って訪れたのだろう。

　小仏が車を降りて挨拶すると、忠義は家へ上がってくれといった。なにか話したいことがあるらしかった。

　イソは車を白井家の横にとめた。そこには忠義が乗ってきたらしい古い軽トラックがとまっていた。

　座敷へ通された。今夜は長楽館に泊まることにしていると小仏がいうと、それならとあさ子がいってビールを出した。

「哲平は、秋田の大学で検査を受けていますが、あした引き取りにいくことにしています」

　忠義は悔しそうに唇を噛んで顎を震わせた。

　小仏は父親の無念を察して瞑目(めいもく)した。忠義は、ナイル精機の保育所には何人が集まっていたのかときいた。

　小仏は五人の名を挙げた。

「津和山というのは、秋田の犬山開発という会社の社員では」

　忠義は首をかしげていった。

「そうです。犬山開発の観光開発部に所属している津和山という社員ですが、会社の車をナイル精機の駐車場に置いたまま、二月四日から行方不明になっています」

「津和山という男に私は会ったことがあります」

忠義はそういって瞳を動かした。

「津和山さんは、こちらを訪ねてきたんですか」

小仏は忠義のほうへ上半身をかたむけた。

「去年の五月か六月のことですが、津和山は外で哲平と会っていたんです。ところが、話が長くなるといって、家へ呼んで、お茶を飲みながら、話のつづきを」

「話が長くなるとは、どんな話を……」

小仏はポケットに手を入れた。指先はノートに触れていた、

「犬山開発というのは、日本海の景勝地へ観光客が大勢くるようにといって、自然環境に手を加えようとしている会社なんです」

「たとえば、どんなふうにですか」

小仏はノートを取り出した。

「津和山が狙っているのは、ここの目の前の潮瀬崎です。ゴジラ岩なんていうのもあって、海面から岩が露出している一帯です。岩伝いに波打ちぎわまでいくことができるけど、足場は不安定です。岩につまずいて怪我をした観光客もいます」

忠義はビールが好きなのか酒に強いのか、一杯目を一気に飲み干した。

「私たちも歩いてみましたが、ごつごつした岩はたしかに歩きにくい。岩と岩のあいだには水たまりがいくつもありましたし」

「暖かくなると観光客が大勢きて、岩のあいだで貝なんかを拾っていますが、波の荒い日はたしかに危険です。岩場の先端で波にさらわれた釣り人もいます」

犬山開発はその岩場の中央に橋を渡す計画を立て、これを県や市に申請している。岩場へは立ち入りを禁じて、橋の上からさまざまな格好の岩を眺めることにしたいというのだ。

哲平たちは付近の何人かと話し合いをして、犬山開発の計画に真っ向から反対していた。岩の上をじかに渡り歩くことができ、海水の水たまりに手を入れて貝などを拾い、泳ぐ小魚を間近に見ることができるから観光客がやってくるのであって、桟橋の上から奇岩を眺めるだけでは、男鹿半島のよさが半減する。それと岩場の中央に橋を渡せばいままで守ってきた自然景観は破壊される。一か所に橋が架けられると、帆掛島(ほかけじま)や孔雀ヶ窟(くじゃくがくつ)や大桟橋といった景勝地にも人工物が造られ、自然の海岸美を失うというのが、哲平たちの主張だったし、それに賛成した人は少なくなかった。

「犬山開発は、秋田か男鹿でなにか実績のある会社ですか」

「男鹿で夏と冬、自転車レースをやって、それが好評だったということです。私は見たことがありませんが、四百人ぐらいが走るそうです」

島根卓也と白井哲平と津和山加一の三人は、犬山開発がすすめようとしている岩場への桟橋建設に関する話し合いをしていたことが考えられたが、その場所がなぜ伊達織江がいる部屋だったのか。小仏は額に手をあてて考えた。

「哲平さんが、織江さんに好意を抱いていたのを、お父さんはご存じですか」

「知っていました。私は織江という人に会ったことはありませんが、家内がいうには、素直そうで、しっかりした女性だそうです。生い立ちは気の毒ですが、やさしさがあるといっています」

忠義がそういったところへ、あさ子が日本酒とぐい呑みを持ってきてすわり、織江はからだは丈夫そうだし、器量がいいとほめた。

哲平が織江と、将来についての話し合いをしていたかどうかは分からない。いや、二人の仲はそこまでは進展していなかったような気がする。織江は加一にも木彫りの動物を贈っていた。

彼女は、卓也と哲平と加一の三人を観察していたのではないか。それは将来のためだった。

男性の三人は、いずれも織江に好意を抱いていたし、それ以上の感情を持っていた。二月四日の夜は、偶然三人が彼女を訪ねた。加一は観光開発の案を卓也と哲平に披露していたかもしれないが、じつは織江に対する二人の腹をさぐっていたのではなかろうか。彼女を訪ねた目的は、彼女に一歩も二歩も近づこうとしたものだった。ところが訪ねてみると、そこにはライバルが二人いた――。

第四章　ベビーカーの女(ひと)

1

イソのようすがなんとなくおかしい。なにかに気をとられているのか、昼は空の雲を、昨夜は半月をしばらく仰いでいた。

ゆうべの小仏とイソは、白井家へ寄り、酒を馳走(ちそう)になったのだが、いつの間にかイソはいなくなった。小仏は、午後十時ごろに長楽館へ着いた。二階の部屋へ上がろうとして階段に足を掛けたところで、調理場のほうを振り向いた。

なんとイソが、調理場の椅子(いす)に腰掛けて若い女性と向かい合っていた。女性は旅館をやっている夫婦の次女だ。

小仏は、わざと足音をさせて階段を上ったが、イソは追ってこなかった。

風呂に浸ったが、イソは浴室へもあらわれなかった。

小仏が、缶ビールを一本持って布団にあぐらをかいていると、隣の部屋で寝るはずのイソが、部屋のふすまをそっと開けて、首から入ってきた。彼も缶ビールを手にしていた。

「あした、おれ、東京へ帰ろうって思うんだけど」

珍しいことにイソは気弱そうに俯いて小さい声だ。

「なに、仕事を放り出して帰ろうっていうのか」

「美佐子ちゃんが、東京へいくっていうんで、一緒にって思ったんだけど」

「美佐子ちゃんって、だれのことだ」

「この旅館の二番目」

「もうおまえ、そんな間柄になったのか」

「間柄なんて。……彼女、東京へいくっていうから、一緒にって思ったの」

「なぜ、一緒にいきたいんだ」

「なぜって、一緒にいきたくなったから」

「おれたちは仕事にきているんだぞ。仕事が終わらないうちに、勝手な。ダメだ。彼女は東京に用事があるんだろ。おまえがついていくっていったら、邪魔になるっていうかもしれない」

「そんなことはいわないよ。彼女は、東京は不案内だから……」

「なんだと。東京へ着いたら道案内までしてやるつもりだったのか」

「男鹿に住んでる人が東京へいく。東京には交通の路線がいっぱいあって、目的地へ着くまで不安だろうと思う。まちがった電車に乗ってしまうかも」

「彼女はいくつなんだ」

「二十二」

「初めて東京へいくんじゃないだろ」

「中学と高校生のとき、いっただけらしい」

「おまえがその娘と一緒に東京へいったら、まちがいを起こす」

「そんなこと……」

「いや、絶対に起こす。仕事できているのに、妙な気を起こすんじゃない。風呂に入って、早く寝ろ」

「ちぇっ、ケチ」

イソは唾を吐くように毒突き、舌まで出して部屋を出ていった。


イソの唯一いい点は朝の早起き。東京にいるときはほとんど毎日、十分か十五分遅れて出勤するが、旅先では小仏より早起きし、新聞を読んだり、テレビニュースを観たり、ときにはホテルや旅館の周囲をめぐり、その日の天候を予測している。

「きょうも風が冷たいけど、お天気はよさそうですよ」

女将(おかみ)が、お茶と味噌汁(みそしる)を盆にのせてきた。

食堂にイソはいなかった。

「お連れさんはけさ、東京へいく娘を、男鹿駅まで送っていってくれました。もうじきもどっておいでになると思います」

ゆうべのイソは、美佐子を男鹿駅まで送っていくとはいっていなかった。小仏は、はっとして二階のイソの部屋のふすまを開けた。布団は敷きっぱなしになっていた。バッグはあり、コートはハンガーにななめに掛かっていた。美佐子と一緒に東京へいったのではないらしい。

小仏はゆっくり朝食を摂(と)り、新聞を読んでいた。八時近くになったがイソはもどってこなかった。

女将にきくとイソは朝食を摂らず、まだ暗いうちに美佐子を車の助手席に乗せて出ていったという。

きょうの小仏は、秋田大学で解剖検査を終えた白井哲平が自宅へもどってくるのを迎えるつもりである。哲平は何日間も海上をただよっていただろうから、からだはかなり損傷していたはずである。はたして死因が明確になったのかが疑問だ。

八時半、イソがもどってきて、食堂の椅子に腰掛けた。新聞を広げている小仏をちらりと見ただけで、ものをいわなかった。

「夜明け前に出掛けたそうじゃないか」

小仏は新聞をたたみながらきいた。

「六時台の新幹線に乗るので」

「男鹿駅じゃなくて、秋田駅まで送っていってきたのか」

女将は、「ご苦労さまでした」といって、湯気ののぼる味噌汁をイソの前へ置いた。


小仏は、白井家に電話で、哲平の遺体は何時ごろ帰宅するかをきいた。すると年老いた声の女性が応じて、火葬をすませて帰ってくることになっているといった。

小仏に思いがけない人から電話があった。角館に住んでいる写真家の紙屋剛だ。彼は、いまどこにいるのかと小仏にきいた。男鹿市の船川港椿の長楽館にいるのだと答えると、奇怪な事件がナイル精機で起きているのを報道で知った。現在、男鹿駅の近くにいるので小仏に会いにいきたいが、都合はどうかといった。小仏は、会いたいし、事件に関していままで分かったことを話したいと告げた。

小仏とイソは、男鹿市の斎場で紙屋と会った。

斎場には、白井家の親戚や近所の人たちが集まっていた。哲平の父の忠義は、

「これといって目立つところのない男だったけど、気のやさしい素直な息子でした」

と、会葬者に向いていい、持ち慣れない白いハンカチを目にあてていた。それから、

「去年の男鹿の自転車レースでは、四百台中百二十位でした。真冬に顔の汗を光らせて自転車を漕いでいた哲平は、真っ直ぐ先を見ていました。その顔を見て私は、哲平に、自分の仕事を覚えさせようと決心したものでした」

　哲平は集まっていた人たちに骨を拾われ、白い箱におさまって、帰宅した。紙屋は、会葬者をカメラにおさめた。

　もう一人の被害者である島根卓也も、家族や縁者を哀しませたにちがいない。


　小仏とイソは、紙屋を長楽館へ招んだ。紙屋は男鹿半島を取材したさい長楽館に何日間か滞在したことがあったという。

　小仏は紙屋に、伊達織江が使用していたストーブの部屋のもようを話した。

　二月四日の夜、織江がいるその部屋へは三人の男が訪れた。三人のうちだれが最初で、だれが最後だったかは不明だ。三人は話し合って集合したのではない。

　織江も男たちも、白井哲平が持参した栗を焼いて食べていた。三人の男たちは織江に好意を抱いていたので、彼女に会いたくて訪ねたものと思われる。

　最初四人は、あたりさわりのない世間話をしていただろうが、途中から津和山加一が仕事に関する話題を持ち出したように思われる。その仕事というのは、海岸の景勝

地である潮瀬崎に展望用の桟橋を架けるという計画。この計画については、島根卓也も、哲平も、そして織江も反対だったらしい。加一には会社の方針がのしかかっていたので、たとえば、「自然を壊すのではなく、展くのだ。岩場の最先端へ子どもを運んでいき、岩を噛む怒濤の音をきかせることができる」とでもいったのではないか。だが、卓也も哲平も、織江もきく耳を持たなかった。そのために話はもつれ、口汚い言葉が飛び交うようになり、激しいののしり合いに発展したのではないか。あるいはつかみ合いがはじまった。三人のつかみ合いには織江をめぐる嫉妬の感情がからまっていた。その男たちの争いを見かねた織江は、父親である西坂真治に助けを求めた。真治は、織江に危険が迫っているのを感じて、病気の妻を置いてきぼりにして男鹿へ向かった。真治がストーブの部屋へ着いたことによって、男たちの争いは一時おさまった。五人が栗を食べた跡がそれの証明だろう。ところが三人の男のだれかの発言によってふたたび争いがはじまり、その炎は天井にまで達した――

ここからが小仏の推測で、ストーブに突っ込まれていた鉄の火箸をつかんだのは、津和山加一ではないか。彼は赤く焼けた火箸を卓也の口に突っ込んだ。つづけて哲平の口にも突っ込んで二人を即死させた。加一はそれだけでは気がすまないのか、卓也を物置きに押し込んだ。ストーブの前に倒れている哲平を抱くか背負うかして自分の車に乗せ、海辺に出ると断崖から海へ突き落とした。

小仏は語り終えると紙屋の表情をうかがった。

「ストーブの部屋に残された真治さんと織江さんは、どうしたんですか」

紙屋は首をかしげながらきいた。

「二人は話し合って、津和山加一の後を追ったんじゃないでしょうか。彼を自首させようとしたのかも」

「真治さんと織江さんは行方不明。二人はどうしていると思いますか」

「逃げている津和山をつかまえようとして、その居所をさがしているんじゃないでしょうか」

「津和山は生きているとみているんですね」

小仏は紙屋の顔にうなずいた。

「津和山は、自宅へ帰らないし、会社へ連絡もしていない。どこかを逃げまわっていると私はみているんです」

「真治さんと織江さんは、警察へ届け出てもいいのに」

紙屋は下唇を突き出した。

「島根卓也と白井哲平が、津和山加一に殺られたと話しても、警察は納得しないと考えているんじゃないでしょうか」

「納得しないでしょうか」

「説明のしかたにもよりますが、警察は簡単には納得しません。男たちの暴言や暴力から、織江さんを守ろうとした父親の行為と受け取られそうな気がします」

小仏は、刑事時代の捜査一課と取調室の雰囲気を思い出した。

「津和山加一は行方不明のまま……」

「もしかしたら、西坂さんと織江さんが消したんじゃないかって、警察はにらんでいるということも」

「真治さんと織江さんが、津和山を殺ったので遠方へ逃げたか、どこかで息を潜めている……」

紙屋は口を閉じると宙をにらんだ。

2

翌日の新聞には、ナイル精機保育所事件の関係記事が載っていた。

それによると秋田県警と男鹿署は、津和山加一、伊達織江、西坂真治の三人を全国に指名手配したとなっていた。西坂の車をナンバーで手配もした。当然だが、三人の写真を公開した。

　それから県警と男鹿署は、織江が暮らしていた部屋をあらためて捜索した。彼女の知友の住所などを書いたものをさがすのが目的だったらしい。

　秋田市の真治の住居も調べられたし、写真も押収された。

　男鹿半島には、春になるまで店を閉めて無人になっている食堂やみやげ物店などがいくつもある。そういう建物に潜んでいる可能性があるとみた警察は、孔雀ヶ窟、カンカネ洞、戸賀湾、入道崎など景勝地の休業中の店舗を片っ端から捜索した。

　たとえば指名手配中の三人のうちのだれかが忍び込んでいたとしても、食品を買いに営業中の商店かコンビニへやってくることが考えられ、それらの店に三人の写真が配られた。

　小仏は、男鹿署の捜査本部で長い顔の赤井警部に会った。警部は、小仏がなにをさぐりにきたのかという顔をしたが、応接用のソファに招いた。

「小仏さんは、行方不明の三人をどうみていますか」

　警部は長い顔をななめにしてきいた。

「西坂と織江は、逃げまわっている津和山の行方をさがしているんじゃないでしょうか」

「三人とも、生きているとみているんですね」

「はい。西坂と織江は一緒にいると思います」

「秋田県内にいると思いますか」

「いや、ずっと遠方へいっていることも考えられます。津和山の知友に遠方に住んでいる人がいますか」

「盛岡、東京、札幌に、大学時代に仲よしだった男たちが住んでいます」

その三か所には捜査員を張り込ませているという。


二月十五日。きのうまでちらついていた雪はやんで、春のような陽が日本海に突き出た奇岩を照らしていた。

小仏は長楽館の二階の窓を一杯に開けて柔軟体操をはじめた。彼はきょうじゅうに東京へ帰るつもりである。と、階段を駆け上がってくる足音がした。まるで小仏を襲ってくるような足音だった。手荒くふすまを開けて入ってきたのはイソで、彼は新聞を手にしていた。朝刊らしい。

イソは新聞の社会面を開いて、左上の記事を指差した。［札幌で現金を下ろす］タイトルはそうなっていた。

記事は、男鹿市のナイル精機保育所事件に関係のあるものだとすぐに分かった。

二月四日の夜以降、行方不明になっている秋田市の西坂真治名義の預金口座から五十万円が引き出された。引き出したのは札幌市の道南銀行豊平支店のATM。キャッシュカードによって引き出されたものだが、引き出したのが名義人本人かどうかは分かっていない。この事件では男性二人が殺害され、関係者とみられる三人が行方不明になっている、と書かれていた。

「札幌か」

小仏は新聞をつかんだまま外を向いてつぶやいた。

「現金を下ろしたのは、西坂本人でしょうか」

イソが背中でいった。

「本人だと思う」

小仏には五十万円というある程度まとまった金額が気になった。なにかを買う必要が生じたのか。

「分かった。アパートかマンションを借りることにしたんだよ」

イソがいった。

「そうか。考えられることだな。この寒空に野宿はできない。車のなかでの生活にも限度がある。それでホテルにでも泊まっていたが、一か所に落着くことにした。……よく気が付いたな」

「ほめてるの」

「ほめてるんだ」

「気持ちが悪い。これくらいのことは、だれでも気付くよ」

「札幌へいこう」

「札幌へいったって、どこにいるかをつかむことは……」

いってみないと分からない。

「早く支度をしろ。今度はおまえの好きな飛行機だ」

イソはひと跳ねすると隣室へ駆け込んだ。

ナイル精機保育所の二人の女性から織江の写真を借りた。秋田市の千秋工芸社へいって、西坂真治の写真を借りた。

秋田から札幌行きの午後十二時台の便に間に合った。約一時間のフライトだ。

窓ぎわの席にすわったイソは、窓に額をくっつけながら、本州最北端の龍飛崎が見えた、津軽海峡をまたいだ、函館を越えた、とつぶやいていた。

新千歳空港でもレンタカーを調達した。

「どこへいくの」

「道南銀行豊平支店だ」

「そこへいって、西坂の写真を見せて、きのう五十万円を引き出した男がいたが、憶えているかってきくの」

「銀行の防犯カメラには、ＡＴＭを利用した人が映っているだろうけど、それをおれたちに見せるわけにはいかない。西坂真治本人か、キャッシュカードを持った人物は、その支店にまたあらわれる可能性がある。それで、その支店に張り込むんだ」

「けっ。いつあらわれるか分からない人間を……。西坂のカードを別人が持っているかもしれないじゃない」

「そういうことも考えられるが、西坂本人があらわれる可能性を信じて、張り込む」

「まとまった金額を引き出したので、当分のあいだ銀行には寄り付かないんじゃないかな」

「そんな悲観的なことを考えるな。彼はかならずその近くにいる。それを信じて張り込みをつづける」

　目的の銀行支店は平岸駅近くのわりに繁華な場所にあった。銀行の右隣のビルの一階の中華料理店からは湯気が道路へ噴き出ている。左隣はガラスケースに洋菓子を並べているカフェだ。歩いている人はみな肩に首を埋めて寒そうだ。

「交替でコーヒーを飲んでこようよ」

　イソはあくびをした。

「目をはなすな」

　イソは前方を向いたまままあくびを繰り返した。

二日間、場所を少しずつ変えて張り込んだが、西坂と思われる男の姿を認めることはできなかった。

だが小仏は、西坂真治名義の預金からある程度まとまった金額が引き出されたことを重視している。西坂はここの近くに住んでいるのではないか。彼は伊達織江と一緒にいるのだろうか。

平岸駅の近くで張り込みをはじめて三日目の昼前。警視庁の安間から小仏に電話があった。

「男鹿で殺された島根卓也の弟の和成(かずなり)は、ナイル精機の社員で、東京へ出張していた。卓也の事件後、いったん男鹿へ帰ったが、葬儀のあと、ふたたび東京へ出張した。二月十五日に仕事を終えて、十六日に新幹線で秋田へ向かったはずだが、男鹿の自宅へは帰っていない。きょうになって父親が、男鹿署へ相談にきてそれを話したんだ」

「和成は自宅へ電話をしているだろうな」

小仏がきいた。

「それは二月十五日の夜。母親に、あしたは帰るという電話があったが、それ以後の和成の電話は通じないということだ」

「二月十六日、朝から行方不明ということか」

和成は、十六日に秋田行きの新幹線に乗ったかどうかも不明である。

男鹿署は、島根家の家族と和成の勤務先のナイル精機から、行方不明者届け出を受けたというが、はたして捜索の方法があるのだろうか。

安間は、小仏とイソが張り込んでいる場所をきいた。

小仏が、中華料理の匂(にお)いを嗅(か)いでいると答えると、

「西坂があらわれそうな見込みはあるのか」

と安間はいった。

「あるんだ。まとまった金が要ることが、この付近にありそうな気がする。それは住むところの確保か、買い物に必要だったかは分からないが、この近辺で使う金が必要だったとおれはにらんでいる」

安間は、小仏の推測があたっていることを祈るといって電話を切った。

「安間さんは、警視庁本部の暖かい部屋で、毎日、旨(うま)いメシを食ってるんだろうな」

イソは、顎(あご)をハンドルにあずけた。

「熱いコーヒーを飲みてぇなあ」

イソがそういったとき、小仏に一案が浮かんだ。

求人雑誌か求人のチラシを読むことだった。そういうものが置かれているか売っているところをさがすために付近を一周した。

新聞販売店があり、そこの籠(かご)に求人誌が入っていた。

「あった」

小仏は小さく叫んだ。彼が指をあてたところをイソがのぞいた。

「木工所」

イソは意味を理解したらしく、大きくうなずいた。

従業員の募集広告を出しているのは豊平区内の君島(きみじま)木工所で、家具や建具製造の技術者を二名採用したいとなっていた。

西坂真治は家具職人としてはすぐれた技術を持った男だ。豊平区内の君島木工所では、応募してきた人には鋸(のこぎり)や鉋(かんな)を持たせて、その腕前を試したにちがいない。

真治は遊んでいられないだろうから、その木工所へ応募したような気がする。彼は採用されて、すでに勤務しているのではなかろうか。

イソは、ナビで君島木工所を検索した。そこは羊ケ丘(ひつじがおか)通りにあることが分かった。

「西坂真治が勤めていたら、どうするの」

イソはハンドルをにぎってきいた。

「勤務が終ったら、会って、話をきくんだ。いや、帰宅を尾(つ)けることにしよう。住所を確認して、会うのはそれからだ」

「住居には織江がいるだろうか」

「それは充分考えられる。二人がなぜナイル精機の保育所からいなくなったのか。島根卓也と白井哲平を手にかけたのか。一緒にいたはずの津和山加一はどうしたのかをきかなくちゃならない」

「喋らないかもしれないよ」

「喋っても、喋らなくても、警察に知らせる」

「西坂真治って、どんな男なのかな」

イソは楽しんでいるようないいかたをした。

君島木工所はすぐに見つけられた。二階建ての大きい建物で、そこからは物を叩くような音が洩れていた。入口に近いところが事務所になっていて、そこに五十代半ばの社長の君島がいた。

小仏が訪問の目的を君島に話した。

「今回の募集で応募してきたのは五人でした。そのなかに西坂さんという人はいません」

小仏は、氏名を偽っていることも考えられる、といった。

「私たちがさがしているのは五十歳の西坂真治という木工職人です、秋田市にいましたが、ある事件に関係したために、行方不明になっています。すぐれた技術の持ち主です」

君島は小仏の話を熱心にきくと、

「今回は二人採用したかったのですが、テストをした結果、一人しか採れませんでした。採用した男は四十代半ばです。長野県松本市の木工所に勤めていたが、両親が高齢になりつつあるので、一緒に住むことにして、妻子とともに札幌へ転居したという職人です。……技術のテストのために、節のある杉板を削らせました。彼は自分の鉋を持ってきていました。節のある杉板を見て、ちょっと嫌な顔をしましたが、削る前に、節に水をふくませました。それを見て、木材の性質に心得があることが分かったので、働いてもらうことにしました」

「その人は、四十代半ばということですが、年齢を確認されましたか」

「運転免許証を見せてもらいました」

その男は、一昨日から出勤しているという。

西坂真治でないことが分かった。

小仏は、これからも西坂真治という男が応募してくる可能性があることを君島に告げた。君島はもしも西坂が応募してきたら連絡することを約束した。

「所長の思い付きは、みごとにはずれていたね」

イソはハンドルをにぎったままいった。

「君島木工所は、いまも職人を募集している。西坂はこれから応募してきそうな気がする」

小仏は秋田へもどることにした。島根卓也と白井哲平が殺されたあと行方が分からなくなっている津和山加一の家族に再び会うことを思いついた。もしかしたら加一は、家族とだけは連絡を取り合っていることが考えられるからだ。

3

秋田市の隣の潟上市天王の津和山家は、緩い坂の途中にある。小仏は、玄関へ出てきた加一の母親の文世に夜間の訪問を詫びた。小仏は、警察とはべつの角度から事件を調べているのだといった。彼女は彼のいったことを理解したのかどうか分からなかったが、暗い表情のまま応接間へ通し、主人はすぐに帰宅する、といった。

その言葉どおり加一の父親の泰三は、わりに大きな声で、「ただいま」と玄関でいって、そのまま応接間へ入ってきた。小仏とは名刺を交換した。泰三は船具と漁網をつくる会社の専務だった。五十代後半で、背が高く太っている。目が細く始終笑っているような顔つきだ。

「不愉快でしょうが、早速、事件に関することをおうかがいします」

小仏が断わると、泰三は太った首を小さく動かした。

「二月四日の夜以降、加一さんから連絡がありましたか」

「まったくありません。こちらから何回も電話していますが、電源が切られているらしくて、通じません。もう半月になるというのに、どこでどうしているのか。……警察もまったく分からないといっています」

　泰三は細い目をまばたいた。

　文世が、白いカップを盆にのせてきた。芳香のする紅茶を出したのだった。

　玄関で、「ただいま」という女性の声がした。加一の妹が帰ってきたのだと泰三がいった。妹は育美（やすみ）といって大学生だという。つづいて男の声がした。加一の弟の修次（しゅうじ）が帰宅した。彼は秋田市の観光振興課に勤務していて、毎年八月に催される竿燈（かんとう）まつりを担当しているという。

「竿燈まつりですか」

　長さ十メートル以上、重さ五十キロもの竹竿（たけざお）に四十個以上の提灯（ちょうちん）を吊（つ）るし、それを手の平、額、肩、腰などに移しかえての妙技をテレビで観たことがある。いつかは実物を見物したいとかねてから思っている祭りだと小仏はいった。

「ぜひご覧ください。奇妙といえば奇妙な芸ですが、こんなに華やかで盛大な祭りは、ほかにはありません」

　泰三は表情をゆるめた。

「歴史のある祭りなんですね」

「竿燈の起源は、夏の時季の睡魔を払い流す行事の『眠り流し』のひとつで、子どもたちが笹竹に灯籠や短冊を付けて練り歩いて、川に流した七夕行事と、お盆に精霊を迎えるために、門前に立てた高灯籠の風習が結びついて、それから豊作を祈願して、江戸時代中ごろにはじめられたといわれています。……寛政元年（一七八九）の紀行文『雪の降る道』、文化元年（一八〇四）の『秋田記麗』や、文化十一年（一八一四）の『秋田風俗問状答』には当時の竿燈のことが記録されているんです」

小仏は、泰三の話をノートに書き取った。夏の夜空に躍る光の競演が瞼に浮かんだ。

泰三はゆっくりと白いカップに指をからめて紅茶を飲むと、目を瞑っていた。二、三分して目を開けたが、小仏の顔を見ずにまた目を閉じた。眠さをこらえているのではなさそうだった。

目を開けると、今度はまなじりを決するような表情をして、「じつは……」と切り出した。

「加一は、私たち夫婦の実子ではないんです」

泰三はいって、いったん口を閉じてから話しはじめた。

「私と文世は若くして結婚しましたが、何年ものあいだ子どもに恵まれませんでした。……サクラが咲きはじめたある日の夜に、知り合いの女性から電話がありました。こんな夜中に何事かと思うような時間でした。その女性は秋田市内で小料理屋を営んでおりました。『……店を閉めて自宅へ向かっていたのですが、川に架かった橋のたもとに幼い子どもがうずくまっていて、わたしを見ると立ち上がった。顔をよく見ると二歳ぐらい。どうしてこんなところにこんな夜中にとききましたが、なにも答えない。寒さをこらえているようだったので、その子をわたしは家へ連れ帰りました。ほんとうは警察を呼ぶべきだったのですが、ふと津和山さんご夫婦を思い付いたんです』といいました」

津和山夫婦は、小料理屋の女将が電話してきた意味を呑み込んで、彼女の家へ駆けつけたということだろうと、小仏は想像した。

女将が自宅へ連れ帰ったのは男の子で、たしかに二歳ぐらいに見えたし、いくつかときくと指を二本立ててみせた。文世が氏名をきいた。男の子は、「けん」と答え、名字は答えられなかった。子どもの着ている物を入念に見たが、氏名を知ることは出来なかった。両親についてきいたが、それも答えられなかった。もしかしたら正式な結婚をしたカップルの子でないか、それとも母親だけが育てていて、育てていけない事情が生じたため、「けん」を橋のたもとへ置き去りにしたのかもしれない。犯罪にかかわったので、子どもを手放す気になったのではなどと、想像をめぐらせた。

「けん」は小さなリュックを背負わされていた。中身は、洗ってたたんだ下着だった。書いた物などは入っていなかった。それを見た三人は、「けん」を覚悟の上の捨て子と判断した。

津和山夫婦は翌日、警察へ届け出、女将が子どもを自宅へ連れ帰った経緯などを説明した。警察はいったん、「けん」を乳児院にあずけ、健康状態などを検べた。

子どもを置き去りにした親が、後悔して引き取りにくるのを待ったが、親はあらわれなかった。津和山夫婦は話し合い、親戚にも話したうえで、「けん」を養子として育てることにして、法にのっとった手続きを踏んだ。そして加一と名付けた。

加一はすぐに夫婦になじみ、健康ですくすくと育った。

「子どもが欲しかったころは出来なかったのに、妙なもので、加一が家族になって何年かして、私たちには、男の子と、女の子が出来ました」

泰三は、わずかに笑みを浮かべた。

中学の三年生だったある日、加一は下校すると母の文世に、

『きょう、同級生の何人かからヘンなことをいわれた』

といって唇を噛んだ。

『ヘンなことって……』

文世は台所で濡れた手を拭いた。

『津和山の家で、おまえだけが家族と似ていない。そのわけをおまえは知っているのか、っていわれた』

と、それまでにない暗い顔をした。

『家族でも、一人くらい似ていない人がいるものなのよ』

文世はそういいきかせたが、夜になって夫の泰三に加一がいったことを話した。

泰三は腕を組んだり瞳を回転させていたが、加一を座敷に呼び寄せた。

『いままで黙っていたが、いずれ知られることだろうから、いま話す』

といって、夜の公道で行き場を失っていた子だったのだ、と加一の過去を話した。

加一は俯いてきいていたが、泣き出しそうな顔をして座敷を出ていった。

次の朝、津和山夫婦は加一をそれとなく観察した。が、彼はいつもどおり朝ご飯を食べ、玄関で、『いってきます』と声を張り上げて登校した。文世は玄関を出て、加一の後ろ姿を見送った。加一は、歩いている小学生の何人かを追い越して、中学校へ向かった。文世は、前夜の泰三の話を加一が忘れてくれることを祈った。

以後、津和山夫婦は加一の態度に目を配っていたが、気になるような行動はみられなかったし、加一の口から実の親についての話が出たこともなかった。

高校での加一の学業成績は優秀で、担任教師は、秋田大学への受験をすすめたが、加一は北海道の大学を希望した。泰三と文世は、『なぜ北海道の大学へいきたいのか』をきいた。加一は、『北海道に住んでみたいだけ』としか答えなかった。

加一は、希望どおり北海道の大学へ入った。

津和山夫婦は、実子の修次と育美に、加一は実の子でないことを話していた。『そういう例はほかにもあるだろうし、わが家にとって困りごとではないのだから、気にしないことにする』と、育美は両親を気遣うようなことをいったが、修次は意見を口にしなかった。将来、揉め事のタネにならないかと考えたのかもしれなかった。

加一は北海道で四年間の大学生活を終えると、秋田へもどってきて、犬山開発へ就職した。潟上市天王の家に同居して、家族と円満な暮らしを送っていた。

「加一さんは、二十九歳ですが、結婚の話が出たことはなかったのですか」

小仏は、泰三の細い目を見ながらきいた。

泰三は、首を左右に曲げていたが、

「加一のことについては、修次が知っているようですので、きいてください」

といって、文世に修次を呼ぶようにといいつけた。

修次は肩幅が広くがっしりしたからだつきで、やや目の細いところが父親似だった。

修次は自分の部屋へ小仏を呼ぶつもりだったらしいが、二階への階段を上りかけたところで、小仏を振り向くと、

「あした、外でお会いしましょう。そのほうが……」

といった。自宅では話したくないことがあるらしい。泰三が、『修次が知っている』ことというのは、どうやら加一の素行か秘密に関することのような気がした。

小仏は修次の表情を読んでうなずいた。

秋田市大町に竿燈を展示している［ねぶり流し館］があって、その近くに［あきた犬］というカフェがある。そこで午後一時に会う約束をした。

小仏は、夜間の訪問を詫びて靴を履いた。すらりとした背の育美も出てきて、家族四人が顔をそろえた。この四人に、加一は顔立ちもからだつきも似ていないのだろう。

4

カフェの［あきた犬］には犬がいるのかと思ったが、壁に秋田犬の写真がいくつも貼ってあるだけだった。男女の客が一組いて、緑の葉を広げた鉢植えに隠れるようにして話し合っていた。

津和山修次は約束の時間に五分遅れてあらわれた。紺のスーツに太い縞のネクタイを締めていた。

「ゆうべはお父さんから、加一さんは実の子でないという話をききましたが、あなたは……」

小仏は、修次の太い眉を見てきいた。

「たしか中学のときでした。同級生が、おまえの兄はもらわれてきた子らしいといったんです。私にとっては気になることだったので、兄がもらわれてきた子だというのはほんとうかと、母にきくと、父が、事情を話してくれました。私は兄に、血のつながりのないことを話したことはありません。ただ気になっていることは、父が年老いて相続の問題になったとき、円満な解決ができるかということでした」

加一は、実の子でないからといって、自ら身を退けば問題は起こらないのではないか。

「それより……」

修次は加一の現状に話を触れた。

「兄はどこへいったのか、どうなっているのかさっぱり分かりませんが、何年か前のことをふと思い出したんです。両親には話していないことです」

彼は首をかしげ、三年ぐらい前のことだといい直した。

夏の日曜日、修次は秋田駅近くのデパートで買い物をして、千秋公園のほうへ歩いていた。すると公園から加一が出てきた。彼はベビーカーを押している若い女性と肩を並べていた。ベビーカーに乗っている子どもは白い帽子をかぶっていて、男の子か女の子かは分からなかった。修次は物陰に隠れて加一と女性をじっと見ていた。二人は親しそうだったので、修次は後を尾けた。もしかしたらベビーカーに乗っている子どもは、加一の子どもではないかという想像が湧(わ)いた。

加一と女性は保戸野通町の［カクタス］というマンションへ一緒に入ったのを修次は見とどけた。そのマンションの入口をにらんでいたが、三十分経っても加一は出てこなかった。加一と女性は特別な間柄だということを確信した。

それから一か月ほど経った日曜、修次はベビーカーを押した女性が住むカクタスマンションを見張っていた。その女性がどういう人なのかを知りたかったからだ。

昼近く、例の女性がマンションのエレベーターからベビーカーを押して出てきた。その人の部屋は五階だと分かった。彼女は一階のメールボックスをのぞき、そこに放り込まれていたチラシをゴミ箱に捨てた。彼女が手を入れたメールボックスは五〇六号室だった。そのメールボックスには［湯浅］の名札が入っていた。

修次は市役所で職員の地位を利用して法を犯した。保戸野通町のカクタスマンション五〇六号室の住人の氏名を検索した。該当があった。湯浅春奈（二十四歳）と湯浅真知子（一歳）だと分かった。

湯浅春奈の本籍地は住所と同じだった。彼女は二十二歳で今村という男と結婚したが、一年あまりで離婚。真知子は今村とのあいだの子だった。もしかしたら加一の子ではと修次は想像したことがあったので、ほっとした。

「あなたが湯浅春奈さんを見たのは、三年ほど前ということでしたね」

小仏は、ノートにメモをしてからいった。

「そうです。暑い日だったのを憶えています」

「湯浅さんは、現在もカクタスというマンションに住んでいるでしょうか」

修次は、分からないというふうに首を振った。

「私は、湯浅という女性のことを、両親にも妹にも話していませんが、その女性と肩を並べて歩いていた兄を見ているうちに、平穏なわが家に、波風が立ちそうな気がしたものです」

「なぜそんな気持ちになったんでしょう。たとえば、その女性の服装が、ベビーカーを押す母親にふさわしくなかったとか……」

「いいえ、特別な服装をしていたわけではありません。どう説明していいか分かりません。ただなんとなく、危険なものを見てしまったような気がしたんです」

「きれいな人だったんですね」

「そう。白いパンツを穿いて、スニーカーも白だった。押しているベビーカーがアクセサリーのように見えました」

小仏はノートのメモを見直して、保戸野通町のカクタスマンションを見にいった。

そこはクリーム色のタイルのしゃれた六階建てだった。エントランスには金属製の集合ポストがあった。それの五〇六号室の名札は湯浅ではなかった。

小仏はエレベーターで五階へ上がり、五〇六号室のインターホンを押した。男の太い声が応え、ドアが開いた。四角張った顔の長い髪をした男が、「ご用はなに」と、ぶっきら棒にきいた。

「ここに湯浅さんという人が住んでいたんです。もしかしたらその人のことをご存じではと思ったので」

「前にそういう名の人が住んでいたようです。ずっと前、郵便が届いたことがあったので憶えてます。私とは無関係」

男はそういうとドアを閉めた。

小仏は、秋田中央署の岸本刑事課長に会いにいき、湯浅春奈の移転先を住民票で追ってもらった。

湯浅春奈は二年前に仙北市角館町田町へ転出していた。

角館町は、農産物や木材の集散地で、旧城下町だった。江戸時代は米、薪炭、木材を上方へ送る商人や、玉川・焼山などのイオウ鉱山開発の企業家などが多く住んでいた。秋田の小京都とも呼ばれ、いまも白壁の土蔵と武家屋敷が、サクラの並木道に並んでいる。秋田市と角館町は五十キロぐらいだとイソがいった。

角館へはあしたいくことにして、小仏は津和山加一の勤務先である犬山開発を訪ねた。

その会社は秋田市千秋城下町にあった。加一の所属は観光開発部。それはビルの三階で窓からは千秋公園の森が見えた。壁には日本海岸の岩場と灯台と秋田犬のポスターが貼ってあった。小仏は壁のポスターで秋田犬には茶と灰色と白の三種があるのを知った。

前畑というメガネを掛けた四十歳ぐらいの課長が、来客用らしいソファへ小仏を招いた。

「津和山加一の行方については、警察で心あたりを何度もきかれましたが、どうなったのか見当もつきません」

前畑はメガネの縁に指を触れた。

「会社は、二月四日の津和山さんの行動を把握していましたか」

小仏は、前畑の顔を正面から見てきいた。

「社員は、視察先や訪問先を、記録簿に記入していますが、二月四日の津和山は、男鹿市と書いてあるだけでした。会社を出発したのは、午前十時二十分です」

「男鹿の潮瀬崎へ、観光客用の桟橋を造るという計画に熱心だったそうですが……」

「その計画は一年以上前からあって、男鹿市としてはその計画に賛成でした。ところが、地元の住民のなかに、自然破壊だといって反対している人が何人かいます。津和山は反対を叫ぶ人たちに何度も会って、説得につとめていたんです。二月四日も、たぶん反対派の人と会っていたんじゃないでしょうか」
「津和山さんは、ナイル精機保育所の保母の伊達織江さんという女性の部屋へいって
いたことが分かっています」
「警察でもそれをいわれましたが、私は伊達さんの名を警察で初めてききました。桟
橋計画に反対している人のなかに、伊達さんは入っていませんでした」
小仏はノートを取り出し、桟橋建設に反対している人のなかに、島根卓也と白井哲
平は入っているかをきいた。
前畑は黒い表紙のファイルを持ってきて膝の上で開いた。
「入っています。島根さん、白井さん、それから七尾さんは、家族ぐるみで反対して
います」
七尾というのは、小仏とイソに昼食のにぎり飯を馳走してくれた主婦の一家だ。
二月四日の津和山加一は、織江の勤務が終わるのを待ち、車をナイル精機の駐車場
に置いて彼女を訪ねた。ストーブの部屋で彼女と話し合っているとそこへ、白井と島
根がやってきた。白井、島根と加一は、桟橋建設をめぐってかねてから対立の仲だっ
た。それに三人は三様に織江に好意を抱いていた。したがって話のはずみから刺々し
くなり、やがて争いに発展していったということではないか。
「警察から何度もきかれているでしょうが、津和山加一さんはどうなっていると思い

ますか」

「残念な結果になっていると思っています」

生きてはいないということだろう。

前畑は曇った顔を俯けた。とそこへ女性社員がやってきて、前畑に耳打ちした。

前畑は立ち上がって、デスクの電話に飛びついた。どうやら異変を知らせる電話が入ったらしい。彼は、「えっ」とか、「はい」とかといって首を動かしていたが、頭を下げるようにして電話を切った。

ソファにもどった前畑は、

「津和山は、生きているかもしれません」

と、首をななめにしていった。

「なにがあったんですか」

小仏は上半身を乗り出した。

「いまの電話は、警察からで、秋田千秋銀行の津和山加一の預金口座から、現金が引き出されたということです」

「引き出した場所は……」

「角館支店だそうです」

「金額は……」

「三十万円」

小仏はノートを開いた。そこには湯浅春奈の移転先が書いてある。彼女と娘の真知子は秋田市から二年前に角館町へ移転していた。白いパンツに白のスニーカーで、ベビーカーを押していた容姿の美しい女性である。

5

イソは、秋田のホテルのロビーで新聞を広げると、

「所長。きょうは二月二十日ですよ」

といった。

「二月二十日は、なんの日だ。おまえが生まれた日か」

「おれの誕生日は八月十五日。秋田へきてから半月近くになったといってるの」

ホテルで朝食をすませると薄陽（うすび）が差してきた。ゆうべ降った雪が木の枝からこぼれ落ちた。

きょうは角館へいく。二年ほど前に、秋田市から角館町へ転居した湯浅春奈という女性の暮らしぶりをさぐるつもりだ。

きのうは、津和山加一の預金口座から三十万円が引き出されたという情報に接した。

現金を引き出した場所が角館だった。ナイル精機の保育所で発生した殺人事件に加一が関与しているのはまちがいない。事件に関与しているので、二月四日以降、行方不明になっているのだろう。

加一は預金口座から現金を引き出した。銀行のＡＴＭの前に立った加一を防犯カメラがとらえていた。

秋田市内にはほとんど雪がなかったが、国道四十六号に入ると、道路に積雪があった。奥山川や諏訪山川を左右に見て、水沢や稲沢の集落を越えて入見内川に沿うと角館町だった。

桧木内川沿いの駐車場に車を入れた。町の中心を流れるこの川沿い約二キロメートルはサクラ並木だ。この町は三方を山に囲まれているようだ。広い道路の両側に黒板塀が連なっている。元和六年（一六二〇）角館地方を領していた芦名義勝によって造られた町だという。

武家屋敷通りにある石黒家、青柳家、岩橋家、松本家などはいずれも黒い板塀のなかだが、老朽化がすすんで、補修の跡も見られた。家具や武具や文献を陳列している家もあるらしい。

歴史好きなのか、これらの家を見てまわっている人たちがいたし、カメラを向けている人も、ノートにメモを取っている人もいた。

武家屋敷の角や郵便局の角を曲がって田町上丁(かみちょう)に着いた。しゃれた建物が目についたので近づくと出版社の新潮社記念文学館だった。角館町出身の佐藤義亮(さとうぎりょう)氏の業績をたたえた記念館である。その隣は仙北市総合情報センターだった。

付近には食堂や菓子店などが建ち並んでいるが、アパートやマンションは見当たらなかった。民家があったので、顔をのぞかせた主婦に、湯浅春奈という女性が住んでいるところをさがしているのだがときくと、女の子を連れている人ではないかといった。

「そうです。三歳ぐらいの女の子を連れた人です」

小仏がいうと主婦は、指を後ろへ向けて、

「ここの裏に、何年か空き家になっていた家があって、そこに母娘(おやこ)で住んでいた人でしょう。名前は知りませんでしたけど、外で顔を合わせると、にこっとして頭を下げる人でした。スタイルはいいし、細面の器量よしでした」

その女性は無職のようで、女の子をベビーカーに乗せたり、手をつないだりして散歩していた。その女性の家から三十代半ばか四十ぐらいに見える男性が出てきたのを二、三度見たことがあるという。

「その男の人はたしかネクタイを締めていたような気がします。体格ですか……。特徴のある人ではなかったような気がします。男の人は一緒に住んではいないようで、ときどき訪ねていたのではないでしょうか」

津和山加一は二十九歳だ。身長は一七〇センチぐらいで、どちらかというと痩せぎすだという。湯浅春奈と思われる女性を訪ねていた男は加一ではないようだ。

「その母娘は去年の十月ごろ引っ越しました。家財は少ないらしくて、三十歳ぐらいの男の人が、小型トラックに荷物を積んでいたのを見ました」

小仏は主婦に、湯浅春奈らしい母娘が住んでいた家の持ち主をきいた。

「この先の岩瀬町に［倉福］というおそば屋さんがあります。そこの持ち家で、ずっと前にお年寄りの夫婦が住んでいたんです」

道路二本をまたいだ。倉福は［手打ちそば］の看板を出した大きな構えの店だった。

メニューには稲庭うどんもあったが、小仏はざるそばを頼むことにした。イソは二つ折りのメニューを開いてじっと見ていたが、とろろそばにするといった。

「おれはいままで黙っていたが、おまえはいつも、おれより値の張るものを食う」

「所長も、とろろそばにすれば」

「そういうことをいってるんじゃない。主人と一緒に食事する場合は、主人より少し下のものを注文するものだ」

「メシを食う前に、説教みたいなことをいわないで」

白い前掛けをした女性店員がオーダーをききにやってきた。するとイソは、「二人ともとろろそば」といって、ぷいと横を向いた。

　小仏は椅子を立った。調理場をのぞいて、白い帽子をかぶった主人らしい男に、田町上丁の家作に住んでいたのは湯浅春奈という人かときいた。

　主人は目を丸くして、

「そうですが……」

と答えた。

「湯浅さんは、去年の十月ごろ引っ越したそうですが、転居先をご存じですか」

「知りませんけど、仙北警察署の近くで湯浅さん母娘を見掛けたという人がいますので、その辺に住んでいるんじゃないでしょうか」

　主人はそれだけいうと、すぐに仕事の手を動かしはじめた。

　仙北署は桧木内川の向こうだと分かった。

　少し黒ずんだとろろに固茹(かたゆ)でのそばは旨かった。イソは音をさせて一気に食べ、

「もう一杯食べられそうだ」といった。

　春奈と娘の真知子はいまも角館に住んでいそうだ。その角館で津和山加一は銀行預金から三十万円を引き出した。加一は現在角館にいて、春奈のために預金を用立てたのではないか。

　春奈の住所を突きとめれば、おのずと加一の存在もつかめそうな気がした。

小仏とイソは手分けして仙北警察署や消防署の付近で聞き込みした。湯浅春奈母娘が住んでいそうなアパートやマンションをめぐり歩いた。約三時間後、イソが小学校のすぐ近くの一軒家に夫婦と三歳ぐらいの女の子が住んでいるのを聞き込んできた。

「夫婦と女の子……」

小仏は首をかしげたが、その「家族」が住んでいるところを見にいった。それは一部二階建ての古い木造住宅で、「川村(かわむら)」という表札が出ていた。小仏はその表札を見ていたが、「ごめんください」と玄関へ声を掛けた。返事がないのでもう一度呼んだ。玄関のガラス戸が十センチばかり開いた。声を掛けていた者の風采(ふうさい)をうかがっているらしかったが、「どなたですか」と女性がいって戸が開いた。

女性は一六〇センチぐらいの背で、長めの髪を薄茶に染めていた。目を光らせている。明らかに警戒している表情だ。黒い厚手のセーターを着た女性はもう一度、「どなたですか」と目を見開いてきいた。

「湯浅春奈さんですね」

小仏は細面の女性をにらみ返した。

女性は、どう答えようかを迷っていたようだが、

「わたしの名を、どうしてご存じなんですの」

と、低い声できいたが、いくぶん怯(おび)えているようだった。

「うかがいたいことがあるので、お住まいをさがしていたんです」

「なぜ……」

「潟上市天王の津和山加一さんと住んでいますね」

「あなた、警察の方……」

「警察ではないが」

小仏は名刺を渡した。

彼女は名刺に目を落とすと小さい声で、「探偵事務所」とつぶやいた。

「津和山さんと一緒ですね」

小仏は念を押すようにいった。

「津和山は、いません」

「あなたが津和山さんらしい人と一緒にいるのを、見た人がいるんです。いま、この家にいるんじゃないですか」

「津和山は出ていきました。出ていって、ゆうべもその前の晩も、もどってきませんでした。ここへはもうこないと思います」

「二、三日前に、銀行で現金を引き出していますが……」

「そんなことまで分かっているんですか。お金はわたしが必要でしたので」

「さしつかえなかったら、あなたが受け取った金額を教えてください」

「二十万円です」

彼女は悪いことでもしたように下を向いた。

小仏は彼女に断わって上がり口へ腰掛けた。

「津和山さんがここへきていたのは、いつからですか」

彼女は顔を起こして瞳をくるりと動かし、

「今月の初めごろです」

と答えた。

「正確に何日からかが分かるといいのですが」

「二月六日か七日からだったと思います」

「二月六日か七日に、突然やってきたんですか」

「電話があって、二、三日泊めてほしいがいいかっていわれたんです」

「二月六日か七日にきて、おとといまでここにいたんですね」

「昼間は出掛けていき、夕方もどってきました」

津和山は、秋田市の犬山開発の社員だが、それを知っていたかときくと、彼女は小さい声で、

「知っていました」

といった。

「秋田市の会社員の彼が、ここに十日以上も滞在していた。なぜ自宅へ帰らないのか、会社へ出勤しないのかを、あなたは彼にきいたでしょうね」

「ききました。わたしは不安でならなかったので、何回もききました」

「彼は、なんて答えましたか」

「会社でトラブルを起こしてしまった、といっただけでした。トラブルの内容なんかを詳しく話したくないようでしたので、わたしはきかないことにしました」

二月六日か七日に訪れた津和山の服装はどうだったかを、小仏は彼女の顔を見ながらきいた。

「白いワイシャツは汚れていましたし、コートには焦げたような穴がいくつも開いていました。彼のいうトラブルというのは、激しい喧嘩(けんか)だったんじゃないかって想像しました」

春奈は胸元で手を合わせると身震いした。津和山があらわれたときを思い出したようだ。

彼女は蒼(あお)ざめた顔を起こすと、津和山がなにをしたのかを知っているかと小仏にきいた。

小仏は、俯いた彼女をしばらく見ていたが、津和山は重大事件に関与したと話した。

彼女はその事件をききたくないというように首を振った。

「津和山さんは、自宅にも会社にも連絡していなかった。つまり音信不通で行方不明でした。ここを出ていって、どこへいったと思いますか」

「自宅へ帰ったんじゃないでしょうか」

彼の自宅には警官が張り付いているだろう。そこへあらわれた彼は警察署へ連れていかれ、事情を聴かれることはまちがいない。彼が島根卓也と白井哲平を殺ったのだと分かれば逮捕され、厳しい追及を受けるはずだ。それを承知で自宅へ帰るか、それとも自殺を考えたかもしれない。

小仏は腕組みした。床に立っているイソは寒いからか足踏みした。

「あのう、津和山は、会社でなにをしたのですか」

春奈は胸元で手を合わせたまきいた。

「男鹿市に、ナイル精機という会社があるのをご存じですか」

「知っています。……最近、その会社の付属設備で。……えっ、津和山は、まさかそこで起こった事件に……」

彼女は床に手をついた。

「事件の現場に、津和山さんがいたことが分かっています」

彼女は落着いていられなくなってか、上半身を左右に揺らしたり、顔に手をやったりした。

「津和山さんとは、いつからのお付合いですか」

「三年ぐらい前、秋田にいるころからです」

彼女の声は震えていた。

小仏は、春奈の前の住所の付近の主婦にきいたことを思い出した。彼女のもとへは三十代半ばか四十歳ぐらいに見える男が訪れていたということだった。彼女はその男性とも男女の関係をつづけているのだろうか。彼はあらためて春奈の顔に目をやった。彼女の唇が紫色に見えた。

よけいなことと思ったが、秋田市に住んでいたのに、なぜ角館へ転居したのかを小仏はきいた。

「わたしは以前、銀行に勤めていましたけど、病気をして、それが持病になってしまいました。母が角館にいるので近くにいるほうが安心だと思いましたので」

昼寝していたらしい子どもが目を覚ましたのか、奥のほうから、「ママ」と呼ぶ声がきこえた。

第五章　遠い人、近い人

1

小仏は警視庁の安間に電話した。湯浅春奈にきいたことを、ナイル精機殺人事件の捜査本部に話すべきかを尋ねた。

「その女の話は信用できそうか」

安間はいった。

「信用できそうだ」

「それなら男鹿署へいって、詳しく話してくれ。津和山が、島根卓也と白井哲平を殺しているとしたら、彼は自殺を考えていそうだ。急げ」

安間は唾を飛ばすようないいかたをした。

小仏は、秋田市へ向かって走っている車のなかから、津和山家へ電話した。加一から連絡があったかをきくためだ。

電話には母親の文世が応じたが、加一からはなんの連絡もない、と、力のない声の答えが返ってきた。

加一は、一昨日まで角館にいたことを話した。

「角館には知り合いはなかったと思いますけど、どういうところで、どんなすごしかたをしていたのでしょうか」

母親は涙声になった。

「ある女性と一緒に住んでいました」

「ある女性……。それはどういう人なんですか」

「三歳の女の子がいて、女性は無職です」

「その人に会いにいきます。住所を教えてください」

母親は早口になった。

「加一さんは、もうその女性のところにはいません」

どこへいったのかは分からないといった。

「それでも、加一がどんなふうにしていたのか、その女性から話をききたいです。住所を、その人の住所を……」

小仏は一瞬迷ったが湯浅春奈の現住所を教えた。

母親の文世は、夫か加一の弟に電話して、角館へ駆けつけるのではないか。

春奈は小仏に、津和山加一の行き先は分からないといったが、それは偽りかもしれない。彼女には加一が一緒に住んでいては迷惑な事情があるので、出ていってもらったのでは。彼女の住まいを出ていった彼は、角館かその付近に潜む場所を見つけたことも考えられる。

小仏は男鹿署へ向かっていたが、イソに車をとめさせた。男鹿署の赤井警部に電話して、湯浅春奈に会ったことを話した。いったんは彼女のいったことを信用したが、加一は、彼女の住居からべつの場所に移っただけかもしれないと伝えた。

「加一は角館かその付近にいることも考えられますね」

赤井警部は、仙北署に連絡して、湯浅春奈の住居を見張ることにするといった。

「おれとおまえは、あの女性に騙(だま)されたのかもしれない」

小仏はななめに舞いはじめた小雪を見ながらいった。

「嘘(うそ)をついているようには見えなかったけど」

「おれたちの訪問を受けて、うろたえているように見えたが、じつは……」

小仏は唇を嚙んだ。

「所長は、人の話を鵜呑(うの)みにする傾向がある」

「いままで、そんなことをいったことはなかったじゃないか。湯浅春奈の話も、黙ってきいていたじゃないか」

「あの女の話は、ほんとうだと思っていたんで」

「いま気が付いたんだが、津和山加一が銀行で三十万円引き出した。そのうち二十万円を春奈に渡したということだった」

「何日間も彼女の世話になってたから」

「それは嘘だったかも」

「嘘だった……」

イソは小仏のほうを向いた。

「三十万円は、加一がアパートか家を借りる資金だった。彼は彼女に金を渡していないんじゃないか」

「彼女は、もっともらしいことをいったのか」

雪の降りかたが激しくなった。イソは車の向きを変えた。やってきた道を引き返すことにした。


角館小学校の校庭に沿って乗用車が三台とまっていた。先頭の車には制服警官が乗っていた。私服の仙北署員が湯浅春奈と真知子が住んでいる家を張り込んでいるのだ。

小仏とイソの車は、春奈の住む家から百メートルあまりはなれたところへとまっている。

黒いコートを着た男がやってきて車のドアをノックした。仙北署員だった。小仏は車を降りると署員に、ここを張り込むことになった経緯を説明した。署員は納得して去っていった。

張り込みをはじめて三十分ほど経った。グレーのコートを着た春奈が道路へ出てきた。彼女は首を左右にまわしてから歩きはじめた。仙北署員が二人、彼女を尾けた。信号を渡ると食料品店へ入った。十分ばかりすると春奈は白い布袋を提げて店を出てきた。袋の口からワインと思われるびんの頭がのぞいていた。彼女はコートの襟を立てて信号を渡り、帰宅した。酒は自分が飲むのか、だれかを迎える用意なのか。

やがて春奈の家に灯り(あか)が点(つ)いた。小仏は車を彼女の家へ近づけた。窓に人影が映った。夕飯の支度がはじまったようだ。

午後七時半。「腹の虫がうるさくて」とイソがいったところで、張り込みをやめた。警察車両も一台ずつ消えていった。日暮れまで降っていた雪がやんだ。雲が裂けてか、頭上にゆがんだ月が浮かんでいた。

小仏とイソは、角館駅前の旅館に入った。刺し身をひと切れ食べたところで、小仏はふと思い付いてエミコに電話した。彼女は自宅だろうと思ったが、事務所にいて、帰り支度をしていたところだといった。

「アサオは元気か」

「元気です。いまご飯を食べています」

　きょうはスーパーからリンゴの空き箱をもらってきて、椅子に置いていた小さな座布団を敷いてやったという。

　いまどこにいるのかとエミコがきいたので、角館だというと、

「角館生まれの女性を知っています。藩政時代の武家屋敷が残っているきれいな街だそうですね。その人は毎年、二月半ばの小正月に帰省しています」

「なにか行事があるんだな」

「神聖な火で、出圃(たんぼ)の忌を払って、五穀豊穣(ごこくほうじょう)と無病息災をお祈りするそうです。炭俵に一メートルほどの縄をつけて、それに火を付けて振りまわすのだといっています」

「火振りかまくら」という行事だという。

　電話を切るとイソが、

「おれのことは一言もいわないんだね」

と、盃(さかずき)をつかんでいった。

「エミコに、なにかいって欲しかったのか」

「『イソは元気だ』ぐらいはいってくれてもいいのに。……所長は、思い遣(や)りとか、

温かみがまったくない人間なんだ」

　イソは盃をぐいっとかたむけ、手酌で盃を満たした。

　テーブルにきりたんぽ鍋が置かれ、中年の女性がコンロに火を点けた。それを見ていたイソが、たったいま気が付いたというふうに、なぜきりたんぽというのかを彼女にきいた。

「もともとは、山から木を切りだす山師の保存食だったようです。ご飯をつぶして、木の棒に巻き付けたすがたが、槍にかぶせたたんぽに似ているのが、名前の由来ということです。ゆうべ東京からおいでになったお客さんにも、同じことをきかれました」

　女性は火の加減を確かめると、テーブルをはなれていった。

「酒は三本までだぞ」

　小仏はイソをにらんだ。

「分かってる。飲み食いしているときに、説教じみたことをいわないで。所長の悪い癖だ。人に嫌われるでしょ。直したほうがいいよ。……それと、この半月ぐらい、一日も休んでいない。くる日もくる日も、車の運転か張り込み」

「仕事が嫌になったのか」

「嫌じゃないけど、一日ぐらい休みが欲しいということ。……わが国には、労働基準法っていうのがあるのを、所長は知らないでしょ」

「知らない。きいたこともない。たとえそういうものがあったとしても、おまえにだけは適用されない。……毎日、食いたいものをたらふく食い、毎晩、贅沢なものを食って酒を飲んでる。なにが労働基準法だ」

「また小言と説教だ」

イソは三本目の酒を大声で頼み、今夜は盛大に飲むぞといった。が、三本目を手酌で飲み干すと、ぶるっと身震いして食堂を出ていった。どうやら風呂に入りたくなったらしい。

2

仙北署はきょうも湯浅春奈の住居を張り込んだ。彼女が津和山加一と接触するのではとにらんでいるからだ。加一は角館で銀行から三十万円を引き出した。その金は住まいを確保するための資金ではないか。彼が住居を確保すれば、春奈はそこを訪ねるのではないかと考えられている。

午前十一時、春奈がグレーのコートを着て自宅を出てきた。白いコートの真知子と手をつないだ。二人が着ている物は上等に見えた。

二人は桧木内川に架かる内川橋を渡ってサクラ並木に沿って薄陽のあたる道をゆっくりと歩いた。八坂神社の角を曲がって三本目の道を五十メートルほどいったところで、小ぢんまりとした二階建ての家へ入った。その家には表札は出ていない。春奈はその家の玄関の戸を開けて入った。まるで自分の家へ入るような格好だった。たびたび訪ねている家にちがいない。

あとで、その家のことを聞き込みした仙北署の古森警部にきいたが、住んでいるのは湯浅ひふみといって、春奈の母親だという。

ひふみは独り暮らしで無職だ。なぜ娘の春奈たちと一緒に住まないのかは不明。近所の人たちの話によると値の張りそうな洋服を着て、高級ブランド品らしいバッグを持って外出することがたびたびある。遠方へいってくるのか四、五日いないこともある。現住所に住んで十年ほどになるが、訪れるのは娘だけで、近所には親しくしている家はない。そのためか、それまでどこに住んでいてなにをしていたのか、娘以外に家族はいないのかなども知られていない。

知られているのはただひとつ、彼女は大酒飲みということ。これは角館駅近くの酒屋の口から知られることになったのだが、ほとんど毎日、ワインを一本飲み干すらしいし、ブランデーも飲んでいるという。

小仏は、春奈がワインを買ったのを思い出した。母娘して酒好きなのだろうか。

仙北署がひふみの公簿を確認した。出生地は秋田市仁井田で、現在五十歳。十年前に秋田市から移ってきて、最初から独り暮らしだった。現在住んでいる家は近所の商店から借りているのだが、入居するとすぐに大工を呼んで補修させた。近所の人たちは、空き家を買ったのではないかとみたようだった。

ひふみは一度結婚している。夫とのあいだに生まれたのが春奈だが、ほぼ二年で離婚し、旧姓にもどした。

小仏は、仙北署で古森警部の話をきいているうち、春奈の住まいに何日間か隠れ住んでいた津和山加一のことを思い付いた。加一は三日ほど前に春奈の住まいから出ていったということだったが、ひょっとするとひふみの家へもぐり込んでいるのではないか。そう思い付いたので、ひふみの住居の周囲の家々を訪ね、「湯浅ひふみさんの家に、男の人が住んでいるようすはありませんか」ときいた。しかし、男の人を見たと答えた人はいなかった。

春奈の話だと、津和山加一は少なくとも三日ほど前までは生きていた。角館の銀行で自分の預金口座から三十万円引き出したが、その後の行方は不明である。引き出した金は逃走資金か、住まいを確保するためか。

イソは、湯浅ひふみという女が気になるといいはじめた。彼女は春奈から頼まれて、加一の逃走に協力しているかもしれないといった。

加一は、勤務先の会社でトラブルを起こしたというようなことを春奈にいったようだ。殺人事件に関与したなどといったら、春奈は彼を近づけなかっただろう。

小仏とイソは秋田市へもどった。湯浅ひふみが以前住んでいたところを訪ねた。雄物川を渡る羽越(うえつ)本線の列車が見えた。

以前、ひふみが住んでいた家はなくなりマンションが建っていたが、付近には彼女を憶えている人が何人もいた。

「器量よしでしたから、しょっちゅう男性とのうわさをきいたことがありました」

といった人もいた。当時のひふみは春奈との二人暮らしで、ホテルに勤めたり、料理屋に勤めたり、老夫婦の家へ家事手伝いにもいっていた。「男の人と酒を飲みにいくこともあったらしい」といった人もいた。

十年あまり前、初夏のことだが、秋田市の中島町(なかじままち)の資産家、郡町正一郎(こおりまちしょういちろう)と峰子(みねこ)夫婦が変死するという事件があった。入道崎の灯台近くの広い草原のなかに二人が倒れているのを観光客が見つけて通報した。死因を調べたところシアン化カリウムの入ったにぎり飯を食べたことが判明した。青酸加里(カリ)である。夫婦は心中するための場所に入道崎を選んだのではという見方があったが、心中の動機はどこをさがしても見あたらなかった。それと青酸加里を使用するような仕事とは縁がないようだった。

郡町家は、自宅付近にビルやマンションを所有していたし、広い土地を工場などに貸してもいた。死亡する何日か前に所有地の一部をビルの建設用地に売却していた事実があった。その代金など約二億数千万円が自宅に置かれていたはずだったが、それがなかった。銀行にあずけてもいなかったのである。べつの場所の不動産を買ったのではないかともみられたが、その取引先は見つからなかった。

自宅に置かれている現金を奪う目的で、夫婦をピクニックに誘った者がいたのではと警察はにらんで捜査していたところ、湯浅ひふみが郡町家へ家事手伝いに通っていた期間があったことが分かった。秋田中央署は彼女を招んで事情を聴いた。

ひふみが郡町家へ家事手伝いに通っていたのは、夫婦が死亡した一年前。郡町峰子が病気で入院する直前と入院中。それから退院後の約一か月間だった。

郡町家の家事手伝い以外、どこに勤めたかを入念に調べた。その結果、秋田港近くの鉄工所の食堂に勤めていたことが分かった。鉄工所では青酸加里を使用する作業があるが、その取扱いと保管は厳重になされているということだった。

郡町夫婦が入道崎で死亡した日のひふみのアリバイを警察は調べた。彼女は、終日自宅にいたといい張った。彼女が終日自宅にいたのを見たといった人はいなかったが、自宅の窓は開いていたし、昼間なのに部屋に電灯が点いていたのを見た憶えがあるといった人がいた。

郡町夫婦が自ら毒入りのにぎり飯を食べて心中したのだとしたら、妻の峰子が自宅でにぎり飯をつくったことになる。が、彼女にも夫の正一郎にも死ななくてはならない原因はまったく見あたらなかった。

　この入道崎事件は心中に見せかけた殺人事件とにらまれているが、ひふみ以外にも被疑者は数人いて、それらの人の身辺や事件当日のアリバイを調べたが、他殺だとする証拠は挙がらなかった。

　この心中を殺人とにらんでいた捜査員は何人もいた。犯人にたどり着けない悔しさを抱いたまま定年を迎えて、去っていった刑事は少なくなかったという。


　小仏とイソは話し合って、湯浅ひふみの家を張り込むことにした。津和山加一がもぐり込んで隠れているかもしれなかったし、これから隠れることも考えられた。

　張り込む前に周辺の家へ寄って、ひふみの日常を詳しくきいた。

　ひふみは、何日間か旅行に出掛けることもあるが、働いている日もあることが分かった。月のうち何日間か勤めるところは、角館駅に近い瀧ノ屋旅館。宿泊客の多い日、旅館が彼女を電話で呼ぶのだという。主に調理場の仕事だが、「手慣れていて要領がいい」と五十歳ぐらいの旅館の女将はひふみをほめた。

「ひふみさんは、ほんとうは働くのが好きじゃないんです。親から受け継いだ資産があるらしくて、働かなくても暮らしていけるんです。秋田にいるとき覚えたといって、いろんな料理を知っていますし、調理の手ぎわがいい。うちでは毎日勤めて欲しいんですけど、電話を掛けると、まだ寝ているのっていう日があります。前の晩に深酒をしたんです」

「娘さんも酒好きのようです」

小仏がいった。

「血筋でしょうね」

「ひふみさんは、独りで飲んでいるようですか」

「一緒に飲む相手はいないようです。……過去になにがあったかは知りませんけど、お酒を飲むと嫌なことを忘れられるといったことがありました。毎晩飲んで、からだをこわさないといいけど」

女将は、ひふみを気に入っているようだった。

湯浅ひふみの住居を張り込んで二日目の午前十時半、玄関ドアがいっぱいに開けられた。頭に緑色のスカーフを巻いた女性が、玄関の前の雪を箒(ほうき)で掃いた。

その女性は歳(とし)格好からみてひふみにちがいなかったが、顔を見た瞬間、小仏ははっとして胸に拳(こぶし)をあてた。細面で鼻の高いところと口元が、写真の津和山加一によく似ているからだった。

小仏は、犬山開発から借りてきた加一の写真をポケットから取り出した。

「うん、似ている」

イソもうなずいた。

ひふみと思われる女性は、薄く積もった雪を掃くと、空を見上げた。頭上を赤いヘリコプターが飛んでいたのでそれを見ていた。彼女は箒の雪を払い落とすと玄関のなかへ消えた。

「所長」

車のハンドルに片方の手をのせたイソが呼んだ。

「でかい声を出すな」

「もしかしたら、所長」

イソはドアが閉まった玄関を見つめている。

「なんだ」

「湯浅春奈と津和山加一は、兄妹じゃないでしょうか。加一はひふみの子では……」

「そうか」

小仏は、ひふみと、写真の加一と、春奈の顔を頭に並べた。春奈はひふみの娘だと分かっていたが、加一もひふみの子だったのか。

加一は二歳ぐらいのとき、夜の路上で、ある女性に手を差しのべられた。その後、正式な手続きを経て、そのころ子どものなかった津和山夫婦の手に渡って育てられることになった。

このことを、ひふみは物陰から始終のぞいていたのではないか。そしてある日、「けん」から津和山加一となって成長した彼の前へあらわれて、名乗った。顔立ちが似ているというだけでは信用できないので、母子の証明ができる検査を受けたかもしれない。春奈という名の娘がいることもひふみは話して、三人で会った日もあったような気がする。

「よし、直接会って、確かめよう」

小仏とイソは、車をひふみ宅から二百メートルほどはなれたところへとめた。後日、彼女を張り込んだり尾行するさい、二人が使っている車を憶えられたくなかったからだ。

ひふみの家へはイソが声を掛けた。と、裏口のほうで物音がしたので、小仏が裏口のほうをのぞいた。背の低い小太りの男の背中が見えた。その男は転がるように走って角を曲がった。玄関へ声が掛かったので、勝手口から逃げ出したといった格好に見えた。なぜ逃げるように走って消えたのか。ひふみの家へ盗みにでも入っていたのか。

玄関のドアが開いて、ひふみが顔を出した。小仏が名乗って、ききたいことがあってきたのだと名刺を渡していうと、

「東京からわたしに会いにきたんですか」

と、眉根を寄せ、目を光らせた。

「調べることがあって、何日か前から秋田へきています」

「調べること……」

彼女は首をかしげたが、寒いからなかへ入ってくださいといった。

たたきには、踵（かかと）の低い黒い靴とゴム長靴がそろえてあった。

「その前に……」

来客があったのでは、と小仏はきいた。

「いいえ。だれもきていません」

「たったいま、裏口から男の人が出ていきましたが……」

「ああ、スーパーの人です。食料品を届けにきてくれたんです」

ひふみは横を向いて答えた。

小仏は、そうですかというふうに首を動かした。食料品を配達にきたスーパーの人が逃げるように走っていくだろうか。小太りの男は玄関へ人がきたのを知って明らかに逃げていったのだ。その男のことをひふみはスーパーの人だといった。小仏は瞬間的に嘘だと思い、同時に彼女の秘密をひとつつかんだのを感じた。

「ご用は、なんですか」

ひふみは上がり口でスリッパを足にひっかけた。小仏とイソには上がってくれとはいわず、一段高い位置から二人をにらみつけた。

「こちらに、津和山加一さんがいると思ったので、会いにきたんです」

「津和山、だれのこと……」

ひふみは明らかに不快な顔をした。

「潟上市天王に住んでいて、秋田市の犬山開発に勤めている加一さんです」

「そんな人、知りませんよ。どこかの家と勘ちがいしているんじゃないですか」

ひふみは料理が上手というが、口も達者らしい。

あらためてひふみの顔を見直すと、色白でおでこが少し出ている。その顔の特徴も加一と似ている。

「よく似ていらっしゃるんですが」

小仏はそういって、ポケットノートにはさんでいた加一の写真を見せた。

彼女はちらりと写真に視線をあてたが、一歩退いた。

「知りません。知らない人です」

「私は、あなたの息子さんではないかとみています」

「わたしに、息子なんかおりません」

「息子さんはいたが、幼いときに育てていくにはさしさわりがあったので、手放すことにした。それで人が通りそうなところへ置いてきぼりにした。子どもは夜中に橋のたもとへしゃがんでいた。そこを通りかかった人が、捨て子と判断して自宅へ連れていった。その子に名前をきいたら『けん』とだけ答えた。『けん』は必要な手続きを経て、津和山という夫婦の子になった。学校では成績のいい生徒で、大学を出て、秋田市内の会社に就職した」

ひふみは立ったまま黙って小仏のいうことをきいていたが、唇を震わせてうずくまった。

「『けん』という名は、あなたが付けたんですね」

ひふみは返事をしないし、俯いたまま身動きしなくなった。

「あなたと津和山加一さんが、親子だということを証明する方法もあるんですよ」

小仏は、ひふみに一歩近寄った。

彼女は、小仏もイソも見ずに、

「あなたたちはだれにきいたのか、どこで調べたのか知らんが、わたしはその津和山とかいう人を知らないし、会ったこともない。世のなかには顔立ちが似ている人は何人もいるはず。少しばかり似ているからっていって、親子だろうなんていわないでもらいたい」

と、口元を曲げていった。

「津和山加一さんは、男鹿で事件に関係した。それで、湯浅春奈さんを頼ってきて、彼女の家に何日かいた。春奈さんはあなたの娘だ。加一さんは春奈さんの兄じゃないですか。加一さんはいつまでも春奈さんのところにいるわけにはいかないので、今度はあなたを頼ったにちがいない」

加一がこの家にいないのならどこに隠れているのかと追及した。が、ひふみは固く口を閉じてしまった。

3

湯浅ひふみは外出するものとにらんで、小仏とイソは彼女の家を張り込んでいた。

午後二時十分。

「腹がへった。なんでもいいから食いたい」

イソが前方をにらんだままいったそのとき、ひふみが道路へ出てきた。勝手口から出たらしい。黒いコートを着て、口を隠すようにマフラーを巻いている。茶色の手提げバッグを腕に掛け、道路の左右に首をまわした。見ている者がいないかを確かめたようだった。

彼女は、小仏らの車とは反対方向へ歩き出した。小仏とイソは間隔をあけて彼女の後を追った。郵便局の角を右折して百メートルほどいくと、彼女の姿が消えた。「源平」という食事処へ入ったことが分かった。彼女は食事のために店へ入ったのではないだろう。だれかと会っているのではないか。

小仏とイソは、源平の店内をのぞくわけにはいかないので彼女が出てくるのを待った。

「腹がへった。ひふみはだれかと、旨いものを食っているにちがいない。おれは腹がへって、死にそうだ」

イソは、暖簾がひらひら揺れている店をにらんでいる。

「死んでもいいぞ」

「ちくしょう」

三十分あまりするとひふみが店を出てきた。彼女の後ろから男が出てきた。背の低い小太りだ。四十代半ば見当。ひふみの家の勝手口から逃げるように走っていった男である。

「よし。あいつを尾ける」

小仏は男の後を追った。イソは車にもどり、男を尾行している小仏を追ってきた。

小太りの男はサクラ並木の駐車場へ入った。そこに車を置いていたらしい。

小仏は男が乗った車を見つけた。グレーの乗用車だった。車に乗った男は十五、六分動かなかったが、のろのろと駐車場を出てきた。乗っているのはその男だけだった。車のナンバーを控えて、イソの車に乗った。

男が運転する車は桧木内川を渡り、国道四六号・角館バイパスへ乗った。道路のところどころに雪があった。一瞬、薄陽が差したがすぐに雪雲に消された。

秋田市内に入ったときには日が暮れていた。旭南(きょくなん)というところに着いた。そこには「旧馬市のせり場跡」の看板が出ていた。

男の車は、古い木造二階屋の横にとまった。その家には灯りが点いていた。男が入った玄関の柱には「安田(やすだ)」という小さな表札が貼り付いていた。

秋田中央署の岸本刑事課長に連絡して、旭南一丁目に安田という家があるが、その家の家族構成を知りたいと頼んだ。

「小仏さんは、なにかをつかんできましたね」

岸本がきいた。

「津和山加一の実母と思われる女性が、角館に住んでいます。湯浅ひふみという名です。その女性を安田と思われる男が訪ねました。安田と思われる男の挙動が怪しいのです」

岸本からの回答は二十分後にあった。

世帯主は、安田芳克(よしかつ)　四十六歳、妻・キミ子(こ)　四十二歳、長女・初枝(はつえ)　十七歳、長男・研造（けんぞう）　十五歳、芳克の母・恵子（けいこ）　七十歳。

同家族は約三十年前から同所に居住している。

小仏は、安田家から三軒ほどはなれた家の主婦に安田家の暮らしぶりを尋ねた。

芳克は、秋田港の大浜（おおはま）鉄工に十代のときから勤めていることが分かった。

「口数の少ないおとなしそうな人です。道で会えばちょこんと頭を下げますけど、親しく話したことはありません。七、八年前だったと思いますが、町会の役員を押しつけられ、いやいやでしょうがつとめていました。夏のお祭りのときです。町会の役員が集まってお酒を飲んでいましたが、安田さんはある役員といい合いをはじめたらしいのです。普段おとなしい人でしたけど、そのときは大声でほかの役員を攻撃したり、茶碗（ちゃわん）を投げつけたりしたんです。それをきっかけに役員をやめました。集まっていた人たちは、安田さんの酒癖を知らなかったようです。……安田さんの奥さんの話ですと、休日の前の晩は家で飲んでいるそうです」

妻のキミ子は二年ほど前まで給食センターに勤めていたが、病気になり、現在はどこにも勤めず病院通いをしているという。

「お母さんは丈夫そうで、おもに家事をやっているようです」

芳克の母恵子のことである。

翌日、小仏たちは海の匂いがする大浜鉄工を訪ねた。大型のクレーンが鉄骨を吊り上げていた。鉄が焦げる匂いを嗅いだ。

事務室で小仏がグレーの制服を着た女性社員に用件を告げると、簡素な応接室へ案内された。髪が薄く六十歳近いと思われる人事課長が応対した。社員は約百人の会社だという。

安田芳克は鋳造部の次長。入社して約三十年になり、若い社員の指導役になっている、と課長はいった。

「安田さんは、きのうは会社を休んだようでしたが、ご存じでしたか」

小仏がきいた。

「そうですか。知りませんでした。現場の者は知っているでしょうが」

「なぜ休んだかを、現場の方にきいていただけませんか」

小仏がいうと、課長は表情を変えた。なぜそれを知りたいのかといった。

「じつは私はきのう、角館で、ある事件に関係がありそうな人の身辺を調べていました。すると、事件に関係がありそうな人の家の勝手口から、逃げるように出ていった男性がいました。その男性はあとで、秋田市に住んでいる安田芳克さんだと分かりました」

「安田は、きのう、角館へいっていたということですね」

課長は、現場の者にきいてくるといって応接室を出ていった。

十分ほどすると人事課長は、メガネを掛けた五十歳ぐらいの男を連れてもどってきた。メガネの男は鋳造部の副部長だった。

「安田はきのうの朝、奥さんのからだの具合が悪いので、病院へ連れていくといって、休みました。角館にいたというのはまちがいか、人ちがいではないでしょうか」

副部長は険しい顔をした。

「私はきのう、角館で挙動の怪しい男を見掛けたので、その男が運転する車を尾けました。車のナンバーは控えましたが、どこのどなたかは分かりませんでした。男が着いたところは秋田市旭南。そこで氏名を知りました。安田芳克さんで、大浜鉄工さんの社員だということも知りました」

人事課長と副部長は顔を見合わせた。

「怪しい挙動とは、どんなことを……」

副部長がきいた。

「きのうの午前中に私は、角館の湯浅ひふみという女性の住居を訪ねました。するとその家の勝手口から、少し背が低くて小太りの男性が出てきて、なぜなのか逃げるように走っていきました。顔を見られたくないので、逃げるといった格好でした。……

午後、湯浅ひふみという女性は、角館の食事処へ入りました。その店には、湯浅家の勝手口から逃げるように出ていった男性がいたのです。二人は食事をした。男性はその店を出ると、駐車場に向かい、グレーの秋田ナンバー384×の乗用車を運転して、秋田市の自宅へ着きました」

人事課長と副部長は、また顔を見合わせて、二人とも首をかしげた。

「こちらに、湯浅ひふみという女性が勤務していたことがありますか」

人事課長は記憶がないようだった。食堂で調理をしていた可能性がある、と小仏がいうと、人事課長は過去の記録を調べるといって部屋を出ていった。十分あまりしてメモを手にしてもどってきた。

「湯浅ひふみは勤めていました。社員ではなく嘱託でした。たしかに社員食堂で調理をしていました。十一年前の四月までの三年間です」

人事課長はメモを副部長に渡した。二人は、安田芳克と湯浅ひふみは在職中に知り合ったのだろうかと話し合った。

「湯浅ひふみさんが勤めていた三年間に、なにか事件が起きていなかったでしょうか」

小仏は副部長の顔にきいた。

「事件……。事件などはなかったと思いますが」

「たとえば、危険な薬品が失くなったとか……」

「そういうことは、なかったと思いますが」

「はっきり申し上げます。青酸加里が失くなったか、あるいは量が減っていたとか」

「青酸加里を使う作業はありますが、失くなったり、量が減っていたりしたことは報告されていません。そういうことがあったとしたら、それは重大なことですので、社内で精しく調査をしたはずです」

副部長は首を振ったが、青酸加里と湯浅ひふみとはなにか関係があるのかときいた。

「湯浅ひふみさんは、こちらに三年間勤めていた。その間に社員の安田芳克さんと知り合いになった。ただ知り合っただけではなく、ひふみさんは安田さんに重大なことを頼んだのではないか、と私は疑いました」

小仏がいうと、副部長と人事課長は、どういうことかという顔をした。

「十年前の初夏のことですが、秋田市内の資産家の夫婦が、入道崎で毒の入ったにぎり飯を食べて亡くなりました」

「憶えています。郡町さんという夫婦でしたね」

人事課長がいった。

「心中という見方もありましたが、夫婦には心中の動機が見あたらない。それで警察は、毒を入れたにぎり飯をつくって夫婦に持たせた者がいる。殺人事件にちがいないとみて捜査したのですが、未だに犯人は挙がっていません。警察が調べているうち、湯浅ひふみさんが郡町家へ家事手伝いにいっていた時期があったことが分かったので、彼女は事情聴取を受けました。彼女は郡町家へ勤めていた時期があったことを認めたが、夫婦がピクニックにいった日は勤めておらず、終日自宅にいたといい張ったということです。郡町夫婦が食べたにぎり飯に入っていた毒は、青酸加里でした」

「小仏さんのおっしゃりたいことは分かりました。……湯浅ひふみは当社に勤めているあいだに安田と知り合って親しくなった。ひふみは、ある魂胆があって安田に近づいたのかも。そして安田に内緒話を打ち明けた。会社には青酸加里かそれに匹敵する毒物はないか。あったらそれを、そっと盗み出してきてもらいたいとでもいったんじゃないかと」

副部長は低い声でいった。人事課長は横でうなずいた。

小仏は、考えられることではないかといった。

「安田は、角館に住んでいるひふみに会いにいった。なにをしにいったんだと思いますか」

副部長は、小仏を憎むような目をした。

「安田さんは、郡町夫婦を殺ったのはひふみさんにちがいないとみたのでしょう。安田さんから青酸加里をもらったとき、彼女はなにかしらの礼をしたにちがいないが、郡町夫婦を殺ったのは彼女だとみるようになったあとは、強請(ゆす)りの態度に変わったんじゃないでしょうか」

小仏がいうと、二人は眉根を寄せて首を横に振った。

「安田が、女性を強請っているなんて、信じられない。勤務振りは真面目(まじめ)だし、若い社員の指導にも熱心です」

副部長は頭痛でもこらえるように、頭に手をやった。

小仏は、実年齢より若く見えるし、歩き方は速いし、姿勢のいいひふみの後ろ姿を思い出した。十年前は四十歳だった。色気もこぼれていたのではなかろうか。

4

秋田のホテルのロビーで、新聞を開いた小仏は、社会面の太字のタイトルの記事を読んで、思わず声を上げた。彼の横でスポーツ新聞を読んでいたイソが、

「どうしたの」

といって小仏の横へすわり直した。

小仏が声を上げたのは、「角館・花場山麓の墓地で遺体発見」の記事だ。

二月二十二日午後発見されたのは男性で、紺のスーツに黒いコートを着ていた。検

視の結果、死後約一週間経過していることが分かった。死因は腹部をナイフらしい刃物で刺され、そこからの失血らしいが、発見現場には血痕が見あたらないので、べつの場所で殺されたあと発見現場へ運ばれたのではと推測されている。

男性の年齢は二十七、八歳から三十歳ぐらい。身長一七〇センチ、体重六〇キロ程度。サラリーマン風だが、スーツやコートに入っていた物は、白地に青い縞のハンカチ一枚とポケットティッシュのみ。上着の裏には「島根」の縫い取りがあり、仙北署では身元確認を急いでいる、とあった。

「島根」

小仏とイソは、同時につぶやいて顔を見合わせた。

小仏は、仙北署の古森警部に電話した。男性遺体の身元は分かったのかをきいた。

「遺体は、秋田の大学へ送って、精しく調べることにしていますが、二月十六日から行方不明になっている島根和成の可能性があります」

島根家の家族はきょう、秋田大学で遺体と対面することになっているという。

遺体が島根和成なら、彼はナイル精機の社員で、二月四日の夜、保育所の別室で殺害された島根卓也の弟だ。和成は男鹿の本社から東京へ出張していたが、兄卓也の事件を知っていったん男鹿へ帰り、兄の葬儀のあと、ふたたび東京へ出張した。彼は二月十五日の夜、母親に、あしたは帰ると電話したが、翌十六日に秋田行きの新幹線に乗ったかは不明だった。

「遺体は島根和成にちがいないだろう」

小仏は新聞記事を見直しながらいった。

「和成は新幹線に乗ってきて、角館で降りたんじゃないでしょうか」

イソがいった。

「たぶんそうだろう」

小仏はうなずいた。

「なぜ、角館で降りたのか……」

「もしかしたら和成は、湯浅春奈を知っていて彼女が角館に住んでいることも知っていたんじゃないか。そして春奈と津和山加一の間柄も知っていた。兄の卓也を殺したのは加一じゃないかとみて、春奈の住所へいった。推測はあたっていて加一は春奈の住まいに隠れていた。和成と加一が話をしたかどうかは分からないが、加一は春奈の家からはなれた場所で和成を刺し殺した。遺体を車に乗せて、人がめったにこない墓場へ棄てたんじゃないか」

「所長は、まるで和成と加一の行動を見ていたみたいだけど、たぶんそのとおりだと思う」

古森警部からは昼前に小仏に電話があって、角館の墓地で発見された男性遺体は島根和成だと確認されたという。男鹿市船川港船川の島根家は、ナイル精機社員だった二人の息子を失ったのである。島根家の人たちはこれまで、事件など別世界のことと思っていただろう。両親は天を仰いで、「なぜだ」と血を吐くように叫んだのではないか。

ナイル精機の保育所に、伊達織江という女性がいなかったら男が三人も死に、行方不明者が三人もいるという事件は起こらなかったのではないか。

きょうの小仏とイソは、ふたたび大浜鉄工へいって、昼休みに安田芳克を呼び出して会うつもりだ。

午前十一時五十分に大浜鉄工に着き、食堂の入口横の長椅子に腰掛けた。正午きっかりにベルが鳴り出した。工場の棟は三か所に分かれていて、ベルは三か所から鳴っていた。

三つの棟から出てきた社員たちは、水道に並んで手を洗って食堂へ入っていく。男女全員が同じ色の制服を着ている。安田も食堂へ入ったのだろうが見つけられなかった。

二十分ほど経ったところで、手を洗っている女性社員に、安田芳克に面会者が外で待っている旨をマイクで呼んでもらいたいと頼んだ。と、その女は安田を知っているので、直接本人に伝えるといって小仏の名をきいた。

小太りの安田が食堂から出てきた。左右に首をまわしてから小仏たちの前へ立った。

「大事なことをききたいが、立ち話でいいでしょうか」

小仏がいうと、安田は眉間に深い皺を立てて、怯えたような顔をした。

食事を終えた社員が食堂から出てくるようになった。キャッチボールをはじめた人たちもいた。

安田は、小仏の袖を引っ張るようにして、工場と工場のあいだの路地のようなところへ誘った。

「大事なことって、なんですか」

安田は小さい声できいた。

「あなたは、角館に住んでいる湯浅ひふみさんとはご昵懇のようですね」

安田は一瞬、目を丸くしたが、身震いするように首を振り、

「知らない、そんな人は知りません」

と、明らかに震える声で答えた。

「湯浅ひふみさんは、十一年前までこの会社の食堂で働いていた。それであなたは彼女と知り合って、親しくなったんですね」

「そんな人は知らないっていっていってるでしょ。私をだれかとまちがえているんでしょ」

「あなたはおととい、会社を休んで、角館へ湯浅さんに会いにいっているじゃないですか。午後は、源平という食事処で彼女と一緒に食事をした。彼女とはどういう間柄なんですか」

安田は顔を伏せた。履いている安全靴には傷がついているし汚れている。

「ただの知り合いです」

「ただの知り合いに会いにいくのに、会社を休んだ。重要な用事があったので角館まで会いにいったんでしょ。私はあなたを、裏の顔を持っている人とみています。表は真面目な勤めかたをしている会社員だが、あるときから裏の顔を持つようになった。そのことと湯浅さんは無関係じゃない。そうでしょ」

「いきなり呼び出して、なんていうことを。失礼にもほどがある。間もなく午後の仕事がはじまる。帰ってください」

「勤務が終ってからでもゆっくり会いましょうか。あなたからは重要なことをいくつもきかなくてはなりませんので」

「私は、あなたたちに会いたくない」

安田は俯いた顔を横にした。

「勤務の邪魔はしたくないので退き下がりますが、あとで会いましょう。車で通勤していますか」

安田は小さくうなずいた。

「あなたの車のナンバーは分かっていますので、駐車場で待っています」

安田はまたぶるっと身震いした。

午後十二時五十分、三か所の棟のベルが一斉に鳴った。


小仏とイソはレンタカーに乗って、大浜鉄工の駐車場で安田芳克のグレーの乗用車に注目していた。

午後六時三十分、安田があらわれてグレーの車の運転席にすわった。小仏は安田に助手席のドアを開けさせた。安田は走り出すかもしれなかったので、イソをレンタカーに残した。

安田は、車内を暖め、ハンドルに手を掛けたが、車を出そうとはしなかった。

「あなたからはききたいことがいくつもあるが、まず知りたいことから」

小仏は、上半身をひねって安田の顔を刺すようににらんだ。安田は前方を向いたままである。

「角館の湯浅ひふみさんの家には、二十九歳の男がいると思う。知っていますか」

小仏は切り出した。

「知りません。彼女は独り暮らしです。同居人はいないと思います」

「私が知りたいのは、津和山加一という名の男です。それはどういう男か知っていますか」

「知りません」

「二月四日の夜、男鹿市のナイル精機の保育所で発生した事件は知っているでしょうね」

「知っています」

「事件が起きた部屋には、一人の女性を囲んで男が四人いたと思われます。四人の男のうち二人は現場の部屋で殺されたが、二人の男と女性は姿を消し、未だに行方が分からない。行方不明の一人が津和山加一」

津和山加一は、湯浅ひふみが産んで、棄てた子どもだと小仏が話すと、安田は小仏のほうへちらりと顔を向けた。

「十一年前までの約三年間、湯浅ひふみさんは大浜鉄工の食堂に勤めていた。そのあいだにあなたは湯浅さんと親しくなった。たぶん湯浅さんがあなたを見込んで、接近してきたんじゃないかと思う」

安田はハンドルに片方の手を置いて前方を向いているが、唇がかすかに震えていた。

「あなたは湯浅ひふみさんから重大なことを頼まれた。そうですね」

安田は首をわずかに動かしたが、返事をしなかった。

「工場内で厳重に保管されているある物を、盗んできてくれと頼まれた」

安田は下唇を噛んだがなにもいわなかった。

「あなたは盗んだ物を湯浅さんに渡した。湯浅さんからは報酬を受け取りましたか」

安田の口が小さな音をさせた。奥歯が鳴りはじめたようだ。

「湯浅さんが大浜鉄工を辞めてしばらく経った。……秋田市千秋中島町に住んでいた郡町正一郎、峰子の夫婦が、入道崎で毒入りのにぎり飯を食べて死亡した。毒は青酸加里。一見心中のようだった。……郡町家は資産家だった。死亡する何日か前に所有していた不動産を売って、二億数千万円の現金を自宅に置いていた。夫婦の死後、警察は住居内を精しく調べたが、現金は見つからなかった。銀行にあずけられてもいなかった。……そこで警察は、自宅に置かれている現金を奪うために夫婦に毒入りのにぎり飯を与えた者がいるにちがいないとにらんだ。つまり心中ではなく殺人事件と断定して捜査した。夫婦を殺害して現金を奪いそうな者は何人かいた。その何人かのなかに湯浅ひふみさんが入っていた。彼女は郡町家へ家事手伝いに通っていた期間があったので被疑者とみられた。夫婦が死亡した日、夫婦を自宅に訪ねたか接触したかなどを調べたが、彼女は、終日自宅にいたといい張った。そのアリバイを警察は崩すことができず、その事件は未解決になっている。……湯浅さんは角館へ転居した。たまに旅館などに勤めているが、日常生活には余裕がみられる。何日間かの旅行に出掛けることもある。……角館には娘の湯浅春奈さんが子どもを一人抱えて住んでいる。その母娘の暮らしをひふみさんが支えているようだ。それでひふみさんは使い切れないほどの現金を隠し持っているんじゃないかと私たちはにらんだ。安田さん、あなたも私と同じようにみていると思うが、どうですか」

安田は顎を押さえた。震えがとまらなくなったからだろう。

「あなたは毎月か、何か月かおきにか、湯浅ひふみさんに会いにいっているでしょうね。あなたのやっていることは脅しです。いままでに生命の危険を感じたことがあったんじゃないですか。……あなたの奥さんは病気がちで働けない。二人の子どもにはこれまで以上に、金がかかるようになる。お母さんが同居している……」

「小仏さんっていいましたね」

安田は急に小仏のほうを向いた。

小仏は安田をにらみ返した。

「あなたこそ私を脅しているじゃないですか。他人の秘密や隠しごとをさぐって、強請っているんでしょ」

「そんなふうに見えますか」

「ああ、からだはでかいし、恐い顔をしているし」

「顔は生まれつきだ。……私は警察の依頼を受けて動いている。ある事件についての調査の依頼を受けてさぐりを入れたら、とんでもない大きな事件が隠れていた。資産家夫婦の変死事件にまで関係してくるとは思わなかった。……私が怪しい人間に見えたら、すぐにでも警察に訴えてください」

安田は前を向くと呼吸をととのえるように肩を上下させ、車を走らせはじめた。小仏は危険を感じた。安田はスピードを上げて建物の壁にでも車をぶつけるかもしれなかった。小仏は駐車場内で車から飛び降りた。安田の車は駐車場を出ると左折して見えなくなった。

小仏はイソが運転する車に乗った。イソは安田の車を追いかけるといったが、追わないことにした。

「安田はおれのことを、恐い顔をしているなんていいやがった」

「所長の顔はほんとに恐いよ。なまはげも逃げ出すほどだよ」

5

午後八時、小仏とイソは秋田市旭南の安田芳克の家をそっと見にいった。グレーの乗用車は家の壁にくっついてとまっていた。

台所にもその隣の部屋にも灯りは点いていた。安田は小仏から昼間も夕方もきつい質問を受け、冷静でなくなったと思うが、何事もなかったように帰宅したのだろう。妻と二人の子どもと母とで、いつものように夕食をすませた。しかし、今夜の食事は、喉につかえたのではないか。

車を秋田駅近くのホテルの駐車場へ入れると、小仏とイソは旭川に沿って歩いた。何日か前にきりたんぽ鍋を肴に酒を飲んだ「いなもり」という店へ入った。女性従業員は二人を記憶していたらしく、

「お仕事がお忙しそうですね」

と、愛想をいった。

日本酒を頼むと、

「三本までだぞ」

小仏はイソに釘を刺した。

「分かっているよ。そのたびに念を押すようなことをいわないの」

イソはメニューを開いて、石焼鍋が旨そうだといった。素材はすべて男鹿産だという。

温められた出汁が出てきて、味付けの味噌を目の前で溶いた。鍋のなかは海老や魚の切り身や野菜だ。鍋のなかへ高温に熱した石を入れる。湯気と魚が煮える匂いが立

ち込めた。

　イソは、待ちきれないというふうに半煮えの太いネギを小皿に取った。

「旨い。ここの料理は秋田で一番だ」

　イソはどこかの店で、きりたんぽ鍋を肴にしたとき、『いなもりの料理よりずっと旨い』とかいっていた。

　エミコが電話をよこした。いまホテルかときかれたので、イソと秋田料理を食べているところだと答えた。彼女は事務所にいるが、今夜はアサオを連れて帰るつもりだといった。

「きょう発売の週刊誌に、ナイル精機の事件の記事が載っていました」

　エミコはその週刊誌を目の前に置いているらしい。

「新聞にも週刊誌にも何回も取り上げられているが、事件解決の糸口さえ見つかっていない。きょう発売の週刊誌には、どんなことが書かれていたんだ」

「男鹿のナイル精機では、実験用に猫を五十匹も飼っているそうです」

「へえ、知らなかった」

「猫は、小さな物音を感知する能力を持っています。眠っているように目を瞑っているけれど、物音や風を感じている。この能力の研究に役立たせようとしているそうです。……社員には猫好きが何十人もいるし、猫を自宅へ連れ帰ってもいいことになっていて、自宅で観察した記録を提出させているということです」

「猫は、人の顔を見てあくびをする。うれしいときと、リラックスしているとき。一種の挨拶らしい」

エミコはアサオの鳴き声を小仏にきかせた。

「所長」

イソは三本目の酒を盃に注いだ。声が大きくなった。

「なんだ」

「あしたは男鹿へいきましょう」

「男鹿へ、なにしに……」

「事件現場をじっくり見るんです」

「なんのために……。事件現場は立入禁止になっているんだぞ。おまえは事件現場を見たいんじゃなくて、長楽館へいきたくなったんじゃないのか。旅館の娘に会いたくなったんじゃないのか」

イソは盃の酒をぐっと飲み干すと、憎々しげに小仏に白い目を向けた。酔いがまわってきたのだ。酒に酔うと女性が恋しくなる男はいるものだ。

「そういうことを、ずけずけと」

イソはつぶやいたが、眠気がさしたのか目を瞑った。潮時だ。小仏は急いで勘定をすませた。

　翌朝は、湯浅ひふみの行動を監視するために角館へ向かった。

　彼女はたまに旅館の調理場を手伝いにいくらしいが、決まった仕事を持ってはいないようだ。孫である真知子の世話をして、娘の春奈を働かせようともしていない。深酒をして起床できない朝もあるということだ。

　小仏とイソが乗った車は、ひふみの家から二百メートルほどはなれたところにとまっている。

「所長は、津和山加一は生きているとみているんだね」

　イソがガムを噛みながらいった。

「島根和成は角館で殺されたが、彼は春奈の住所を知っていたんじゃないかと思う。それで和成は訪ねたか、ようすをうかがいにいった。加一は春奈のところに隠れているると確信して、和成は彼女の住居を監視していたかもしれない。その姿を、加一に見つかった」

「それで加一は、和成のスキを狙って刺し殺して、人がめったにこない墓場へ運んで棄てた」

「そうだろうと思う」

小仏は前方を見ながら首を動かした。

「所長は、津和山加一は角館のどこかに隠れているとみているんだね」

「ひふみは、隠れている加一に会いにいくか、加一がひふみを訪ねるかだ」

「春奈が加一に会いにいくかも」

「そうだな」

きょうはコンビニでにぎり飯を買ってきた。

二人が口を動かしはじめた午後十二時二十分、ひふみが勝手口から出てきて、道路に立つと左右に首を振った。ベージュの厚手のコートを着て、やや大きめのバッグを持っている。コートの襟からはグリーンのスカーフがのぞいていて、それを押さえるようにして歩きはじめた。

「遠出かもしれない」

小仏が車を降りた。

彼女は武家屋敷の坂本家の角を左折し、駅通りを速足で歩いた。角館駅に着いた。約五分で秋田行きの新幹線の列車が到着し、彼女はそれの自由席に乗った。小仏も乗り込んで、彼女が中央部の席にすわったのを見て、「秋田へいくらしい」とイソに電話した。

列車は二十分ほどで終着の秋田に着いた。広小路(ひろこうじ)を五、六分歩いて灰色のビルに入った。保護センターという黒い文字が浮いていた。入口に近いところで三十代半ば見当の女性が、会話をしながら奥のほうへ入っていった。

三十代から四十代半ばぐらいの女性が何人もその建物の奥へ入っていく。パーティーか会合があるらしい。

一時間あまりするとイソが着き、クラクションを短く鳴らした。

午後三時半、ひふみはコートを抱えてビルの奥から出てきた。彼女の両脇には中年女性がいて笑いながら話をしていた。奥のほうからは女性が何人も出てきて、ひふみに向かって頭を下げつつビルを出ていった。どの女性も紙袋を持っていた。

「なんだろう。みんなひふみに頭を下げていく」

イソは首をかしげた。

「彼女はなにかのグループのリーダーなんじゃないか」

「なにかのサークルかな」

ひふみはビルの出入口近くでコートを着た。彼女と立ち話をしていた一人の女性は、ひふみが着たコートに手を触れた。厚手だが軽そうなコートをほめたようだった。

ひふみは独りになった。古川堀端通りを四、五分歩いてダイヤモンドホテルに入った。小仏たちが滞在しているホテルとは比べものにならない秋田市一の高級ホテルだ。

「だれかと会うんじゃないか」

小仏とイソはホテルのロビーに入ると、角柱の陰に立ってひふみを見ていた。

彼女はコートを脱ぐとさも疲れたというふうに椅子に腰を落とした。

彼女が慣れた手つきでコーヒーに砂糖を注いだところへ、小仏は近づいた。

「偶然ですね、秋田でお会いするとは」

小仏がいった。

スプーンを手にしたひふみは小仏とイソを見上げると、うすく笑うような表情をした。

「偶然だなんて。わたしを尾けていたのでしょ」

「いや」

小仏は首を振った。

「お掛けなさい。一緒にコーヒーを飲みましょう」

彼女は恐れるふうは微塵もなく、コーヒーの白いカップを持ち上げた。

小仏とイソは、彼女と向き合うように腰掛けて、コーヒーをオーダーした。

「きょうはお仕事ですか」

小仏が低い声できいた。

「そう。仕事です」

　彼女はコーヒーを一口飲むと、カップを静かに置き、目を細めて小仏とイソの顔を観察するように見て、

「わたしは編み物教室の講師を頼まれて、月に一度、教えにきているんです」

といって、また一口コーヒーを飲んだ。話しかたはゆっくりだ。根は豪胆なのか、恐れるものなどひとつもないといっているようだ。

「編み物の講師。ではあなたは、編み物の技術や知識を身に付けていらっしゃるんですね」

「ええまあ、長年やっているのでね。編み物なんか習わなくても、いくらでも売っていますけど、自分が手を掛けた物を着たり家族に着せたり、家のなかへ飾ったりしたい人は、結構いるんです。きょう集まったのは二十五人でしたけど、もっと大勢集まる日もあるんですよ。外国の人も幾人かいます」

「湯浅さんは、その技術をどこで習得されたんですか」

　小仏がきくと、彼女は首を小さく動かした。

「わたしの父はタクシーの運転手でしたけど、母親にセーターの編み方を教えられたといって、休みの日はいつも編み物をしていました。母が古くなったセーターの糸をほどいて、洗って乾かすと、その毛糸で父がセーターを編み直すんです。父はほかに趣味のない一刻者（いっこくもの）で、いつも文句ばっかりいっている男でした。……一人っ子のわた

しは父が編み棒で編むのを見て、その方法を覚えると面白くなって、母に毛糸を買ってもらって、ベストやセーターを何着も編みました。中学の先生に、『いつもいいセーターを着ているね』っていわれたときはうれしかった」

ひふみは、ラウンジの従業員を手招きすると、コーヒーの追加を頼んだ。

「お父さんは、ご健在ですか」

小仏は、白いカップに指をからめたひふみにきいた。

「三十五年も前のことです」

ひふみは目尻を下げるような表情をした。

「四月です。父と母とわたしは、千秋公園の花見にいきました。父は満開のサクラを見ながら酒を飲んで、小さい声で歌をうたっていました。次の日の夜、父が勤めているタクシー会社から電話があって、父が交通事故に遭って、怪我をしたといわれました。母とわたしは、冷たい雨のなかを父が担ぎ込まれた病院へ駆けつけました。父は、建材を積んだ大型トラックに衝突されたということでした。父は頭にも腕にも包帯を巻かれていて、意識がありませんでした。……五日後、病院の先生から意識がもどったといわれました。わたしは学校の帰りに病院へいきました。父はうすく目を開けると、かすかな声で母とわたしの名を呼んで、事切れました。わたしは、冷たくて深い闇の底へ突き落とされた気がしました」

「お父さんは、いくつでしたか」

　小仏がきいた。

「四十二」

　ひふみはぽつりというと目を瞑った。四月の冷たい雨の夜を思い出しているようだった。

「お父さんが亡くなったあと、お母さんはどうされましたか」

　小仏は四、五分のあいだ、目を閉じているひふみを見ていたが、きいた。

「父が元気なあいだは働いていなかった母でしたけど、ホテルの清掃係として勤めはじめました。もともと丈夫でなかったからでしょうが、ちょくちょく休むようになり、そのうちに寝込むようになって、風船から空気が抜けたように亡くなりました。父と同い歳でした」

　ひふみは高校一年生だった。父の知り合いだった料理屋の主人に相談して、その店へ勤めることにして学校を中退した。その店で料理を覚えたし、自宅では編み物をした。彼女が編んだセーターや凝ったデザインの帽子などは評判になったし、編み方を覚えたいという人もあらわれた。

　そこまで話すと彼女は、疲れたので寝む、といって椅子を立ってフロントへ向かった。どうやらきょうはこのホテルに泊まるようだ。

小仏はひふみのその後の経歴をききたかったが、彼女には置いてきぼりを喰わされた。

第六章　悪夢の暦（こよみ）

1

小仏とイソは、秋田のホテルで午前六時からの朝食を摂ると、すぐ近くのダイヤモンドホテルのロビーへ入った。大型のバッグを持ったり、トランクを転がして出ていく人や、フロントで支払いをしている人が何人もいた。

湯浅ひふみはこれから一階のレストランへあらわれそうだった。朝食を摂ったあとどのような行動をとるか、それともここでだれかに会うのか。

「彼女は五十歳か」

イソはソファで新聞を広げながらいった。

「五十歳が、どうした」

小仏も新聞で顔を隠すように広げた。

「ひふみはゆうべ、部屋でだれかと会ったかもしれないって思ったの」

付合っている男性がいれば、部屋へ招んだか、一緒に泊まったことが考えられた。

午前八時半。ひふみは独りで朝食のレストランへ入った。食欲がないのか、トレーには牛乳とコーヒーをのせて、窓ぎわのテーブルについた。眠気が去らないのか、窓の外の車の往来を眺める目をしていた。

「ゆうべも酒を飲んで、それが醒めていないんだよ」

イソは衝立の陰でいった。

小仏の電話が鳴った。警視庁の安間からだった。いまどこにいるのだときかれたので、秋田駅近くのホテルだと答えた。

「小仏は、最近も新宿ゴールデン街へたびたびいっているのか」

「朝から新宿ゴールデン街。いったいなにがあったんだ」

「新宿ゴールデン街には、『だい好き屋』っていう飲み屋があるらしいな」

「ああ、刑事のころから何度もいったことがある。あの界隈では古いほうの店だが……」

「その店へ、小仏太郎を名指しした手紙が届いたんだ」

安間は紙を動かす音をさせた。

「いまどき、手紙とは古くさいな」

「パソコンで打ってあるんだ。だい好き屋宛(あ)てに届いた手紙には差出人名がなかった。マスターが開封すると小仏太郎の名が出てきたので、新宿署へ連絡した。その手紙は新宿署からおれのところへ送られてきた」

安間は、その手紙をホテルへファックスで送るといった。

手紙はホテルの事務室のファックスに届いた。

「小仏太郎という男は、警察官でもないのに事件を調べている。だれが彼に調査を依頼したかあるいは指揮をとっているのか。この調査をつづけていると、一週間以内に小仏と、鼻筋のゆがんだ男は、この世を去ることになる。

警察というのは、未解決事件を抱えて、その事件捜査をつづけているようにみせかけていればいいのだ。事件が発生して何年間、捜査したが犯人にたどり着けなかったという記録を、残しておくだけでいいのだ。ムダな金を使って、世間を騒がしたりしないことだ」

「鼻筋のゆがんだ男って、おまえのことじゃないのか」

小仏はイソにいった。

「ちくしょう」

イソは唇を噛んだ。

「事件ていうのは、ナイル精機保育所事件のことを指しているんだろうな」

小仏は封筒と手紙のコピーをにらみつけた。

「手紙を送ったやつは、事件の関係者かな。そいつは、所長がゴールデン街のだい好き屋へ飲みにいってるのを知ってる。これはホシを挙げるヒントになりそうだよ」

「墓穴を掘ったっていうわけか」

小仏は、だい好き屋のマスターに電話した。夜の仕事の彼はまだ寝ているのか出なかったが、十分ほどすると、

「電話をくれましたか」

と掛かってきた。

「店に届いたという差出人名のない手紙の件ですが、店には秋田出身の客がきますか」

「秋田県出身の人は二人います。二人は知り合いではありません」

「若い人ですか」

「一人は四十代後半、一人は三十代半ばで、二人とも会社員です」

「その二人は、私を知っていますか」

マスターは少し考えていたようだが、

「二人のうちどちらかが店で小仏さんに会っていたと思います」

小仏には記憶がなかったので、秋田県出身の二人の名と電話番号をきいた。するとマスターは、二人に連絡して電話番号を教えてよいかをきくといった。

十五、六分後にマスターが電話をよこした。

「小仏さんが店で会ったのは稲尾順（いなおじゅん）という四十代後半の人です。稲尾さんには小仏さんの電話番号を教えましたので、掛けると思います」

マスターとの話が終わるのを待っていたように稲尾順は電話をよこした。穏やかな話しかたをする人で、電気通信工事会社の社員だといった。

「だい好き屋に、私を中傷して脅迫するような手紙を送った者がいます」

小仏はいった。

「マスターからききました」

「最近、稲尾さんはだれかに、私のことをきかれましたか」

小仏は低い声で、ゆっくり話した。

「きかれました」

「だれからですか」

「神田の探偵事務所の調査員からです」

「調査員はどんなことをききましたか」

「調査員は会社へ私を訪ねてきて、小仏太郎氏を知っているかとききました。お名前に記憶があったので、ゴールデン街のバーで会ったことがあると答えました。小仏さんは私立探偵なのに、それを探偵社の調査員がきいたので、私は興味を持ちました」

「なにを知りたかったのでしょうか」

「住所や経歴です。……私は、バーで会っただけなので、住所も経歴も知らないと答えました。そうしたら、小仏さんの身辺事情に詳しい人を知っているかといいました。私は知らないので、首を横に振りました」

「小仏太郎の身辺事情を調べている調査員は、稲尾さんと私が親交があるとみたので訪ねたのでしょうね」

小仏はスマホをにぎり直した。

「たぶんそうでしょう」

「稲尾さんと私が親しそうだという情報を、どこできいてきたんでしょうか」

「調査を依頼した人が、稲尾にあたってみろといったのかも……」

「そうですね。稲尾さんのご出身地は秋田のどこですか」

「男鹿市の船川というところです」

「では、船川には、お知り合いがいますね」

「実家があります。七十代の両親と兄の家族が一緒に暮らしています」

なにかを思い付いたら連絡して欲しいといって電話を終えた。

小仏は腕組みして首をひねった。

「神田の探偵事務所に、小仏太郎の身辺調査を依頼したのはだれだろう。同業の好みできいてみたら」

イソが首を曲げていった。

「探偵業界には依頼人の名は口が裂けても教えないという鉄則があるんだ」

「手紙の消印は秋田か。所長の身辺を調べるという目的はなんだろう」

「ウイークポイントをつかみたいんじゃないのか」

「所長のウイークポイントってなんだろう。……警視庁を辞めるきっかけの一端は、女だった。いまは新宿歌舞伎町のクラブ・ダイリーガーにいるルシアちゃんを、真夜中に車に乗せて走っていた。そのことを正直に申告しなかったんで、謹慎処分になった。辞めた理由はそれだけじゃないらしい」

「それ以上は口にするな」

小仏は、まずそうに牛乳を飲んでいる湯浅ひふみをじっと見て、神田の探偵事務所に調査を依頼したのは彼女ではと想像した。

ひふみはレストランを出ると、エレベーターの前のソファにすわった。コーヒーと牛乳を飲んだだけなので、けさは食欲がないか体調がすぐれないのだろう。新聞を手にしたので読むのかと思ったら電話を掛けた。五分間ほど話していた。

電話を終えると新聞を広げた。が、読んではいないようで、写真だけ見たのか、たたみ直した。胸を反らせて腰を叩くと立ち上がった。エレベーターに乗った。十七階でボタンのランプが消えた。彼女は部屋へもどったらしい。

午前十一時になったが、ひふみは出てこなかった。

「彼女には、きょうも仕事があるんじゃないかな」

イソがそういったところへ、ひふみがエレベーターを出てきた。服装はきのうと同じだが手にしたバッグは小さかった。角館の自宅を出たときはやや大きめのバッグを持っていた。

「彼女は今夜もここへ泊まるんじゃないか」

小仏とイソは玄関を出ていくひふみを尾行した。

彼女は中通りを秋田駅方面へ歩いて、デパートの前で足をとめた。からだをくるりとまわした。尾けている者がいないかをさぐっているようだった。小仏もイソも尾行には慣れている。尾行の対象が振り向くのを常に警戒して道路の端を追っているのだ。きのうのひふみは、ホテルで小仏たちに会っている。小仏は偶然出会ったようなことをいったが、彼女は信じていないかもしれない。

彼女は左右にも首をまわしてから、デパートへ入った。小仏たちは追いかけた。彼女がエスカレーターに乗ったのが見えたが、そこへは追いつくことはできなかった。

「彼女はこのデパートで買い物をするんじゃない。だれかに会うんだろう。それを見られたくないから警戒しているんだ」

　小仏は歯ぎしりした。

　一時間あまり経って、五階へエスカレーターを降りてきたひふみを見つけた。売り場を見てまわっていた。そこは男性用の靴、ワイシャツ、帽子、下着類などの売り場だ。彼女の姿はハンガーの陰に隠れたが、店員と会話をしているようだった。
　十五、六分すると彼女は下着らしい物を抱えてハンガーの陰から出てくると、抱えていた物を女性店員に渡した。売り場の端にカウンターがあり、そこで代金を支払っているらしかった。
「男物。だれが着るのかな」

　イソが小さい声でつぶやいた。

　意外なことに、ひふみは買った男物を売り場へあずけた。あとで受け取りにくるということなのか。二人の女性店員は笑顔をつくって頭を下げ、ひふみを見送った。

　彼女は手すりにつかまりながら地階へ降りた。食料品売り場だ。すしや弁当を買う人たちが並んでいる。チョコレートやケーキのケースの前を抜けて酒類売り場へ入った。

　ワインのびんがずらりと並んでいる棚の前に立って、ラベルを読むように首を前に出した。しばらく迷っていたようだったが、一本をつかむとカウンターへ持っていった。赤ワインのようだった。男の店員は細長い袋に赤ワインを入れた。彼女はそれを提げて、一階から道路へ出、左右に首をまわすと、ダイヤモンドホテルのほうへ歩き出した。デパートの五階で男物の下着類を買って、売り場へあずけたのに、それを忘れてしまったようにゆっくりと歩いた。

「しまった」

小仏が叫んだ。ひふみが買って売り場へあずけた商品は、だれかが受け取りにきたのではないか。小仏とイソは踵(きびす)を返した。デパートの五階へ駆け上がり、彼女があずけた商品のことを店員に尋ねた。

「男の方が受け取りにいらっしゃいました」

「名前をいったでしょうね」

「サトウショウイチさんです」

店員は、小仏とイソの素性を疑うような顔をした。

2

デパート五階の男性用下着売り場で、湯浅ひふみがあずけた商品を受け取った男は、三十歳見当だという。その男は津和山加一ではないだろうか。そうだとしたら加一は秋田市内に隠れていそうだ。何日間かを湯浅春奈の自宅ですごしたが、長居するのは危険とみたのか住む場所を変えた。

加一は、島根和成が殺された事件についても疑われていて、仙北署は角館町内に隠れているのではとみて丹念な聞き込み捜査をつづけている。人口約一万四千人の町よりも、秋田市内に埋没しているほうが目立たないし発見されにくいだろうとみているのではないだろうか。

「ひふみにしてやられたな。彼女が買った物をあずけたときから、商品を受け取りにくる者を想定していなかった」

小仏は頭に手をやった。

イソは天井を向いた。

「おまえもだ。おれの横にくっついているだけで、なんの役にも立たない」

「なんの役にもとは、ひどいじゃないの。ひふみは買った物を一時あずけ、ほかの用事をすませてから、あずけた商品を受け取りにくるものと思っていた。それは正常な想像だと思うけど」

イソは口をとがらせた。

「ひふみは独り暮らしだ。そういう者が男物を買った。だれかに与えるためだ。だれに与えるのかと想像をめぐらせなくてはならなかった。おれとおまえは、ぼんやりと彼女を眺めていただけだった。重大事件の調査をしていることを、忘れていたんだ」

「忘れてなんかいないよ」

「重要人物を捕まえる千載一遇のチャンスを、逃してしまった」

「なんだか、おれがミスを犯したようないいかたにきこえるけど」

「そうだ。おまえのせいだ。おまえの頭は軽石みたいで、重さがない。軽石じゃなくて空石（から）だ。……このことが安間に知れたら、もう警視庁からの仕事はまわってこない」

イソは、太い指の手を小仏の額にあてた。熱を測ったようだ。

「平熱らしい」

イソはガムを口に放り込んだ。


ダイヤモンドホテルへもどると、植木の陰からコーヒーラウンジをのぞいた。きょうのひふみは紅茶を飲んでいた。コートとスカーフは椅子の背に掛けてある。デパートの地階で買ったワインも椅子の上だろう。

彼女は今夜もこのホテルに泊まるにちがいない。部屋で独りでワインを飲むのか、それともだれかを招んでいるのか。

イソは、ひふみに会って、デパートで男性用下着を受け取ったサトウショウイチとはどういう人かをきいてみたらどうか、といった。

「いや。おれたちが尾けまわしていることが知れると警戒を強めるだろうから、それはしないほうがいい」

植木の陰からひふみを観察して二十分ほど経ったところへ、春奈が子どもと手をつないであらわれた。母娘は電話で連絡し合ったにちがいない。

春奈は黒いコートを脱ぐと、娘の真知子のピンクのコートを脱がした。彼女は二つのコートをたたんで椅子に置いた。ひふみよりは几帳面(きちょうめん)なようだ。ウエートレスはコーヒーとアイスクリームを運んできた。

「母娘は、このホテルをちょくちょく利用しているようだな」

使い慣れているらしいひふみと春奈を見て小仏はいった。

「ここへ、加一がくるんじゃないかな」

イソだ。

「そうか。一族がそろうことになるかもな」

「加一があらわれたら、どうするの」

「警察へ連絡する。加一は事件の重要人物だ」

春奈が着いて三十分ばかり経ったが、小仏たちが期待していた人物はあらわれなかった。

ひふみは椅子を立つと真知子と手をつないだ。コーヒーラウンジを出ると、ホテル内の天ぷらの店へ入った。

「贅沢だ」

イソは憎々しげないいかたをした。高級ホテルに宿泊して贅沢な食事をする。日常生活に余裕があるからだが、その優雅な暮らしをどうやって手に入れたのか。

十年前、ひふみは資産家夫婦が毒死した事件で疑惑を持たれた。何度も警察で事情を聴かれたが、無関係をいい通したらしい。秋田県警はその事件の捜査を放擲(ほうてき)したのか、彼女の現在の暮らしぶりには関心を持っていないようだ。

だが小仏はひふみから目をはなす気になれなかった。めったに働かないのに高級ホテルを利用し、娘の春奈にも似たような暮らしを与えている。編み物教室の講師をして、「先生」と呼ばれている。それが表の顔だが、一度は警察ににらまれた女だ。警察は、資産家夫婦の毒死事件から十年が経過し、角館の一軒家で独り暮らしをして、たまに秋田市に出てくるひふみを見ていないのではないか。資産家毒死事件では被疑者とみて追及したが、事件に関係があるという確証をつかむにはいたらなかった。それで疑いを持ったまま捜査を終息させてしまったようだ。

小仏は、資産家毒死事件が発生する前のひふみの私生活を知りたくなった。いや、知らなくてはならなくなった。なぜなら彼女は、娘の春奈の暮らしを丸抱えしている。そして、証拠はないが、実の子の津和山加一も抱えることになったようだ。加一は、ナイル精機保育所で発生した事件の重要な関係者だ。彼が警察に捕まった場合、事件以降どこでどう生きていたかを追及される。加一は一時、春奈の家に隠れていたが、そこを出たあとの行方は分かっていない。どこでどうしているかを知っているのは、ひふみと春奈だろう。

ひふみと春奈と真知子は、ダイヤモンドホテル内の天ぷらの店から出てきた。ひふみと春奈の顔はいくぶん赤く見えた。二人は真知子をはさんでエレベーターに乗り、十七階で降りた。ひふみと春奈はワインを酌み交わすだろう。

小仏は、浴衣(ゆかた)に着替えて手足を伸ばしている三人の姿を想像した。

イソは腹をさすりながらあくびをした。

「腹が痛いのか」

小仏は歩きながらいった。

「腹の虫が、早くなにか食わせろって、騒いでるの。所長は、腹がへってないの」

「へっている」

「それなら、へってるとか、どこかが痛いとか、痒(かゆ)いとかっていえばいいのに」

「いったところで、治るもんじゃない」

「面白味のない人だね。からだも顔もただでかいだけ。……そうだ。今夜はカニを食おう。この近くにカニ料理の店があった」

イソは右にも左にも首をまわした。

「カニはダメだ」

「あれっ。所長はカニが嫌いなの」

「高いからだ。おまえ腹がへってるんだろ。カニだなんて贅沢なことをいうんじゃない。うどんかラーメンにしろ」

右手に真っ赤な提灯が見えた。焼き鳥の店だった。小仏は、イソにはなにもいわずにその店へ入った。カウンターの中央ではおでんが湯気を立ち昇らせていた。

客は三人。カウンターで酒を飲んでいた。

イソは、カニのことなどすっかり忘れたように、タマゴとダイコンとチクワとハンペンを皿に盛ってもらい、グラスに注いだ冷や酒を半分ほど飲むと、

「寒いときは、おでんにかぎる。ね、所長」

といって、大きく息を吐いた。

彼はダイコンが好きらしく、息を吹きかけながら食べると、焼き鳥を五本頼んだ。

二杯目の酒をオーダーすると、

「三杯でやめるからね」

と、小仏の顔色をうかがうような目をした。

「おれはあした、ひふみに会う」

小仏は焼き鳥のレバーを食べた。

「どこで……」

「ダイヤモンドホテルだ」

「また、偶然会ったようなことをいうの」

「いや。滞在していると思ったので、訪ねたという」

「なにをきくの」

「きのうは生い立ちや経歴をきいたが、それは高校生のときまでだった。知りたいのはその後のこと。……彼女は男の子を産んだのに、棄てている。そのあたりのことをきいてみる」

「喋るでしょうか」

「どうかな……」

小仏もおでんを食べていたが、カウンターに置かれているメニューを見て、白菜の漬け物を頼んだ。

「きょうは珍しい物を食うんだね」

白菜は茶色の小鉢に盛られてきた。イソのほうが先に箸を伸ばした。

「これ、旨いね。酒がすすみそう」

「三杯までだぞ」

「すぐそれをいう。折角の酒がまずくなる」

イソは顔をななめにして焼き鳥の砂肝を食いちぎった。

彼は冷や酒をグラスで三杯飲むと、珍しいことに、

「ご馳走さまでした」

といって立ち上がった。そして、おでんも焼き鳥もうまかったといった。この店に入る前はカニを食いたいといっていたが、それを忘れてしまったようだ。

小仏の一歩前を歩くイソは鼻歌をうたっている。車の運転中もうたう歌だ。

「きいたことのある歌で、おまえはよくうたっているが、なんていう歌なんだ」

イソは、うたい終わってから、

「『圭子の夢は夜ひらく』だよ。キンコの大好きな歌」

彼は亀有のバーのライアンを思い出しているらしかった。

3

朝九時ごろまで薄陽が差していた空だったが、機嫌を損ねたように雪雲を広げ、風も出てきて寒い日となった。

湯浅ひふみは朝食をすませてレストランを出てくると、売店の前に立ちどまった。春奈と真知子は帰ったのか、ひふみは独りである。

小仏は彼女の背中に近づいて声を掛けた。

「あら……」

彼女は、小仏とイソの服装をたしかめるような表情をして、張り込んでいたのかと、あからさまないいかたをした。

「お食事を終えるのを待っていたんです」

「ご用は、なんですの」

「この前は、ご両親と高校生になるまでをうかがいましたが、その後のことを……」

お茶を飲みながら話をききたいといって、コーヒーラウンジへ誘った。

「どうしてわたしに付きまとうんですか」

彼女はラウンジの椅子に深く腰掛けると、不機嫌を露わにしてきいた。

「津和山加一さんのお母さんだからです。加一さんは一時、春奈さんのところに隠れていた。そこを出た彼は、あなたを頼った。だからあなたは、彼がいまどこにいるのかを知っているはずです。彼は重大事件に関係したので逃げまわっている。そうでしょ」

「知りません」

彼女は戸を閉めたようないいかたをした。

二十数年前のことをきく、と小仏がいうと、彼女は眉をぴくりと動かした。

「あなたは、男の子を産んだが、その子が二歳ぐらいのときに、秋田市内の路上へ置き去りにした。その日のことはよく憶えているでしょうね」

ひふみは首を横にふったが、それは弱よわしかった。腹部で手を組合わせると目を瞑った。どう話したものかを迷っているようにも見えた。十分ぐらいのあいだ目を閉じていたが、薄く目を開けると、ラウンジの奥の暗がりになにかをさがすような表情をして話しはじめた。

「秋田市内の料理屋で働いていたことは、この前話しましたよね」

彼女の言葉がやわらかくなった。

ひふみは、勤めている料理屋へたびたび食事にくる吉永(よしなが)という男に好かれ、一緒に暮らすことにした。吉永は八歳上だった。暮らしてみて分かったが、吉永は職業を転々と変える男だった。外で嫌なことがあると家で酒を飲み、ときには大声でひふみを叱(しか)ったりした。

彼女が勤めている料理屋の主人からは、吉永と婚姻届を出したほうがいいといわれたが、彼の性格を考えると永く一緒には暮らせないような気がした。

子どもができた。吉永が何度も勤め先を変えるので彼女は不安でならなかった。なぜ勤め先を辞めるのかときくと、上司のことを口穢(くちぎたな)くけなすのだった。

彼女は二十一歳で男の子を産んだ。婚姻していなかったので子どもを産んだことも届けずにいた。二人が話し合って付けた名は「健(けん)」だった。吉永は、健を可愛(かわい)がる日もあるが、泣き声がうるさいといって怒鳴ったり、ときにはひふみに向かって物を投げつけたりした。

吉永には口癖があった。『おれは医者になるつもりで勉強していたのに、高校を出ると、おやじはおれを、タクシー会社の整備工場へ放り込んだ。くる日もくる日もおれは、油だらけの作業衣を着ていた。高校で同級生だった女の子に、手が汚いといわれた。その言葉はおれの胸に突き刺さって、いまでもはなれない』

タクシー会社を辞めると、トラックの運転手になった。長距離輸送もやった。道路混雑で目的地への到着が遅れることがあった。そのたびに文句をいわれたのでいい返した。そしてその会社も辞めた。

勤務先で思いどおりにならないことがあると、その鬱憤を自宅に持ち帰り、ひふみに殴りかかったり、痫声を上げて物を投げつけるようになった。ひふみは抵抗し、健にだけは手を上げないでと何遍もいったが、効き目はなくて、物を投げつけたり、蹴ったりした。健は怯え、悲鳴を上げる日もあった。このままだと健は彼に殺されると思った。どこかへあずけようと考えたこともあったが、吉永とは正式な夫婦ではないのであずけることには踏み切れなかった。

迷いに迷ったあげく、健を手放すことにした。厚着をさせ、下着を何枚か持たせて、夜更けに橋のたもとへ連れていき、『ここにじっとしているのよ』といいきかせた。

彼女は橋の近くで物陰に隠れ、健のようすを見ていた。彼女は身震いしていた。夜中の冷たさのせいではなかった。健のところへ駆け寄って抱きしめてやりたかった。置き去りにしようとしたことを謝ろうとした。が、そのとき、籠を提げた女性が健を見つけて近寄り、しゃがんで話し掛けはじめた。健の服装を見たり、頭を撫でていたが、手をつないだ。健はその女性の手をしっかりにぎったようにも見えた。女性はまるで自分の子のように健の手を引いて、一軒家に着いた。その家の窓が明るくなった。

ひふみはその家の勝手口の戸に耳を押しつけて、屋内のようすをうかがった。女性は健に食べ物を与えたようだったし、風呂を沸かしているようでもあった。

ひふみは、その家の勝手口に向かって手を合わせた。

ひふみは、健を棄ててきたことが悔しくて、寂しくて、心の置きどころがなくなり、その怒りを吉永にぶつけた。彼は、鬼の形相になると、台所の包丁をつかんで振りまわした。しばらく暴れまわっていたが、戸を開け放って外へ出ていった。

どこへいったかも、生きているのかどうかも分からなかった。彼はそれきり家にはもどってこなかった。

ひふみは、健を連れていった女性の家をそっとのぞきにいった。近くの物陰からその家を見ていたら、夫婦らしい男女が車に乗ってやってきた。健を連れていった女性は、夫婦らしい二人と健に関することを話し合っているように思われた。

二人が乗ってきた車のドアには漁具を製造している会社の名が付いていた。健はその車に乗せられて去っていった。

後日、その会社名をヒントに、健を連れていった夫婦の名や住所を知った。潟上市天王の津和山泰三と文世であった。津和山夫婦には子どもがいなかった。

ひふみはときどき、津和山家をのぞきにいった。健には加一という名が付いていることを知った。津和山家の子どもとしてなに不自由なく育っているようだった。

加一が六歳ぐらいのとき、文世は男の子を産み、その二年後には女の子を産んだ。津和山夫婦には実の子ができた。それで加一は冷たく扱われるようになっているのではないかとひふみは密（ひそ）かに想像し、高校生になった加一に思いきって声を掛けた。

『わたしは、抜き差しならない事情があって、あなたを……』といいかけると加一は、『ぼくを産んだ人ですね』と、先まわりしていった。『ぼくはあなたを何度か見かけました。初めて見たとき、自分に似ていると気付きました。ぼくは津和山夫婦の実子でないことを知っていましたので』といい、『同級生から、弟や妹に似ていないともいわれていました』といった。

吉永に出ていかれたひふみは、秋田市内の絵画塾に通って絵を習っていた。中学のとき、担任の先生から、『中学生の絵とは思えない』と、描いた絵をほめられたことがあった。その塾で知り合った野末という男と親密になって一緒に住むと、すぐに子どもができた。野末は製材所の次男で、家業に就きながら絵を描いていた。ひふみの出産予定日が近づいた。野末の母親から、早く婚姻届を出すようにといわれた日、山から杉の丸太を積んだ車が山道で転落し、助手席に乗っていた野末が死亡した。その一か月後、ひふみは女の子を産んだ。春奈と名付けた。

野末家はひふみに手切れ金をくれた。同家とは一切縁のない人になってもらいたいといわれたのだった。

ひふみは春奈を連れてほぼ四年間、札幌に住んでいた。どこにも勤めず絵を描いていた。出来上がった絵はカフェや料理店に飾ってもらった。

加一が札幌市内の大学へ通うのを希望したのは、ひふみと春奈が住んでいたからだ。

春奈は加一を、『お兄ちゃん』と呼んでいて、『今度はいつくるのかしら』と、待ち焦がれているようなことをいう日もあった。

札幌の大学に通いはじめた加一は、毎月、二、三回はひふみと春奈に会いにきて、夕食を一緒にした。

加一が大学を卒業して秋田へもどると、ひふみも春奈とともに秋田へ引き返した。

春奈は自動車販売会社社長の次男と結婚して、真知子を産んだが、結婚生活は約二年で破綻(はたん)した。夫になった男は、結婚前から付合っていた女性と関係をつづけていることが露見したからだった。夫だった男の家は、慰謝料だといって、まとまった金額を春奈に手渡した――

ひふみが語る経歴を小仏とイソは黙ってきいていたが、話が一区切りついたところで、

「あなたはほぼ四年間、札幌にいたといったが、空白がありますね」

小仏は目に力を込めた。

「なんですの、空白って……」

「十一年ほど前、あなたは、秋田市千秋中島町の郡町家に家事手伝いに通っていた時期があったじゃないですか」

「ああ、あのお宅へはときどきいっていました。そう長いあいだじゃなかったので、

忘れていました」

彼女は、小仏の顔から目を逸らした。

「郡町夫婦は、ピクニックにいった入道崎の草原で、毒の入ったおにぎりを食べて、その場で死亡した。その当日、あなたは郡町家へいっていたのではありませんか」

「前にもあなたはそのことをわたしにきいたような気がするけど、郡町さんご夫婦が亡くなった日、わたしは家にいて、一歩も外へ出ていなかったんです。あなたたちは、わたしに難癖をつけにきたんですね」

「郡町夫婦が亡くなる一年ほど前、あなたは大浜鉄工の社員食堂で働いていた。札幌には何年間もいたような話をされたが、嘘がまざっていますね」

「なんて失礼ないいかたを。十何年も前のことです。記憶は飛び飛びなのよ」

ひふみは横を向いた。

小仏は一口コーヒーを飲むと話題を変えた。

ひふみは絵を習い、描いた作品をカフェや料理店に飾ってもらっていたといったが、その店は秋田市内かときき、拝見したいのだといった。

すると、ひふみの頰が少しゆるんだ。

「秋田市役所に中央市民サービスセンターがあります。そこの壁に、わりに大きい絵が架けてあります。ご覧になってください」

市に寄贈したらしい。

小仏とイソはホテルを出ると、山王大通りを歩いて秋田市役所へ向かった。併設の中央市民サービスセンターに入った。縦約一メートル、横約一メートル半の画面一杯に川に架かった木の橋が描かれていた。欄干は情熱的で赤黒く、陽差しを受けている部分は赤が勝(まさ)っていて鮮やかだ。右上の空には円に成りきらない薄紫の月が浮かんでいる。左下にはＨ・ＹＵＡＳＡのサインがあり、絵の下には「〈赤い渡〉　湯浅ひふみ」の札が貼られていた。

4

西坂真治がまた銀行預金を引き出したことを安間からの連絡で知った。道南銀行の真駒内(まこまない)支店のＡＴＭからで、前回と同額の五十万円。彼は現在も札幌市にいるようだ。伊達織江と一緒だろうか。

小仏はいつものようにホテルで朝食のあと、ロビーで新聞を広げた。五、六年前、このホテルには朝刊が七紙ぐらいあったが、いまは四紙に減っている。新聞を必要としない人が増えているということではないか。彼は健康に関する記事には無関心だったが、「札幌市」という文字が目に入ったので読む気になった。

記事の内容は札幌市南区の六十代の高木という整形外科医の業績だった。交通事故や作業中の怪我がもとで、歩行が困難になった人の手術を多く手がけた医師のことを、「楽に歩けるようになった」とか、「怪我をして腕を自由に動かすことができなかったが、高木医師の手術によって元どおり動かせるようになり、以前の仕事に復帰できた」という患者の言葉が載っていた。

小仏は新聞をたたんだが、はっと気付いたことがあって整形外科医の記事を読み直した。

「おい。札幌へいくぞ」

「また、また。今度はなにを思い付いたの」

イソはスポーツ紙から目をはなさなかった。

「飛行機の手配だ」

小仏がいうと、イソは新聞を放り出した。

札幌市南区の高木という整形外科医院を検索した。その医院は澄川というところにあった。

小仏とイソは、午後には札幌にいた。市営地下鉄南北線に澄川という駅があった。高木整形外科医院は陸上自衛隊真駒内駐屯地に近かった。医院のクリーム色の二階建てはわりに広い。待合室の長椅子はチューリップを並べた庭を向いていた。

　受付には白衣の女性が二人いた。四十代に見える長身の女性に小仏は低い声で、ある患者についてききたいことがあると話し掛けた。彼の声が密（ひそ）やかだったからか、彼女は椅子から立ち上がると左手のドアを開け、「こちらへ」と目顔でいった。

　ドアを入ったところは診療室への通路のようだった。女性はそこに立つと、

「患者さんに関することは、お身内の方以外にはお話しできませんが、どういうことでしょうか」

「それは知っています。ただひとつおうかがいしたいのは、伊達織江さんという人が、こちらで治療を受けたことがあったかということです」

　女性の瞳が動いた。眉を寄せた。

「お答えできません。あなたのおっしゃる患者さんと、あなたはどういう関係でいらっしゃるのですか」

「伊達織江さんは、秋田県の男鹿市に住んでいましたが、ある日の夜、重大事件に遭遇しました。その事件に関する調査を、私は警視庁から依頼された。伊達織江さんが、こちらで診療を受けたかだけを、知りたいんです」

　女性は力のこもった目を小仏に向けると、からだをくるりと反転させて、無言のまま奥へ入っていった。

五、六分経った。白衣姿の顎に鬚(ひげ)をたくわえた大柄の男が出てきた。高木医師だった。

小仏は、秋田市にいてこの医院を訪ねることを思い付いたのだと医師に話した。

「なぜですか」

「男鹿市で発生した重大事件の関係者の一人が、伊達織江という人でした。彼女は事件現場から父親と一緒に姿を消しました。どこへいったのか見当もつかなかったのですが、父親がこの近くの銀行で預金を引き出した。それでこの近くに住んでいるのではないかと想像したんです。……なぜ高木先生を訪ねる気になったかというと、伊達織江さんは片方の足に少し障害がありました。赤ん坊のとき、地震にみまわれて、母親とともに怪我を負ったのです。……彼女の父親はなにかで高木先生のことを知った。それで織江さんの足を治してあげたくて、高木先生に相談したのではないかと気付いたんです」

「伊達織江さんは私が治療しています。それしか申し上げることはできません」

高木医師は横を向いた。織江がこの医院を頼ってきた事情などを医師はある程度知っていそうだが、それを話すことはできない、といっているようだった。

小仏は頭を下げた。織江がここで治療を受けていることをつかんだだけで充分だった。自分の勘が的中したことで満足した。

「次は羊ケ丘通りの君島木工所だ」

車にもどると小仏はいった。

「君島木工所へは、この前いったじゃない」

イソはのろのろと車を出した。

「何度でもいく」

君島木工所は二階建ての倉庫のような大きい建物だ。車をとめると、きょうも物を叩くような音が外へ洩れていた。

事務室へ入ると社長の君島がいて、

「あ、この前おいでになった方……」

といってから、

「西坂が応募してきたら連絡することになっていましたね。忘れていました」

君島は頭に手をやった。

「西坂真治さんは応募してきたんですね」

「ええ。五日前から勤めています」

「勤めている……」

小仏は、ガラス越しに作業場のほうを向いた。

「特殊な箪笥をつくらせていますが、すぐに要領を心得て、きょうは板を削っています。腕はたしかです。私は箪笥の仕上がりを楽しみにしているんです」

社長は微笑を浮かべて西坂をほめてから、小仏に椅子をすすめた。

「この前おいでになったとき小仏さんは、西坂はある事件に関係したようなことをいっていましたが、それはどんな事件ですか」

社長は顔を曇らせた。

「重大事件です」

「折角採用したのに、辞めるような結果になりそうですか」

「秋田の警察で事情を聴かれることにはなるでしょう」

「警察へ呼ばれるんですね」

「たぶんそういうことになるでしょうね」

西坂真治は応募してきたさい、秋田市に住んでいたが、ある騒動に巻き込まれそうになったので、娘と一緒に札幌へ移ったのだと語った。社長は、騒動とはどんなことかときいた。すると西坂は、いずれ話すと答えたという。

「三か月間は試採用ということにしていますが……」

社長はますます暗い顔をした。

西坂はこの付近に住んでいるのかを小仏はきいた。

「この工場の裏に当社のアパートがあります。その一室を西坂に提供しました」

「西坂さんの娘さんは、澄川の整形外科で治療を受けていることが分かりましたが、アパートに一緒に住んでいますか」

「娘は、高木医院に入院していましたが、住み込みの人が辞めたので、彼女は治療を受けながら、住み込みで医院の裏方の仕事をしているそうです。二、三日前に、アパートで娘に会いましたが、父親似の器量よしでした。ところが彼女はたしか伊達織江ですと挨拶しました。西坂とは姓がちがうので、その辺にもなにか事情がありそうな気がしたんです」

　小仏は、社長のいう事情を話さないことにした。西坂には妻も娘も息子もいる。彼は一家の主なのだ。

　高木医師は、治療を受けに訪れ、入院した織江から、秋田にいたのだが、秋田にはもどりたくないといった話をきいたのではないか。複雑な事情を抱え込んでいそうな彼女を見て、裏方の仕事に雇ったのではなかろうか。

「西坂さんの娘さんは、赤ん坊のときに地震に遭って足に怪我を負ったんです。高木医院で少し不自由だった足の手術を受けたのでしょう。君島さんは彼女にお会いになったそうですが、歩きかたなどで気付いたことがありましたか」

「いいえ。足の治療を受けたとはききましたけど、どんな治療を受けたのかなどはきいていませんし、普通の歩きかたをしていたようでした」

小仏は西坂真治に会わねばならなかった。それを社長に申し入れた。

「作業は午後五時半に終わりますので、そのあとでしたら」

作業を終えた西坂はアパートへもどるだろう。そこを訪ねて会うことにした。

「失礼ですが、小仏さんを観察していると、西坂との話し合いが穏便にすみそうな気がしません。西坂はここで働いていられなくなるんじゃないでしょうか」

「先ほど申し上げたとおり、秋田の警察で事情を聴かれることにはなります。事件に関係していないことが分かれば、もどってくることが……」

小仏はそこで口を閉じた。西坂真治には家庭がある。彼が札幌市内で現金を引き出したことは妻や子どもたちに知らされているだろう。家族は、きょうは連絡があるだろう、きょうは電話があるだろうと待ち焦がれているにちがいない。彼は腕のいい木工職人だ。勤めていた千秋工芸社も彼がもどってきて、鉋や鑿(のみ)の音をさせるのを待っていそうだ。

午後五時半になった。君島木工所から音が消えた。

小仏とイソは、二階建てアパートの階段の下に立っていた。西坂真治は首にタオルを巻いて階段に足を掛けたが、二人の男を見てどきりとしたのか、胸に手をあてた。

「お仕事が終わるのを待っていました」

小仏がそういって西坂に一歩近寄り、行方をさがしていたことを話した。

「あなたは、ナイル精機保育所で発生した事件の関係者で、事件発生と同時に、事件現場にいた伊達織江さんを連れて行方不明になった人ですね」

じっくり話をききたいといい、なぜ事件を調べることになったのかを説明した。

西坂は、自分の部屋へ上がってくれといって、階段を上った。

5

西坂の部屋は六畳間に台所。彼は石油ストーブに点火した。家具といえる物はひとつもなかった。

「どこに隠れていても、いずれは警察に見つかるだろうと、毎日、冷や冷やしていましたが、探偵事務所の方が見えるとは」

予想外だったと西坂はわりに穏やかな話しかたをした。それから、どうしてここが分かったのかをきいた。

第一のヒントは、札幌市内で預金を引き出したこと。それから、働かなくてはならないので、身に付けている技術を活かすことにするだろう。もうひとつは足が不自由な伊達織江さんを連れていることだと答えた。

「二月四日の夜、奥さんが急病になったのであなたは医師を迎えにいくために車を運転していた。だが途中で方向転換して、男鹿市のナイル精機の保育所へ向かった。病気の奥さんを自宅へ置き去りにして、ナイル精機へ向かったのは、どうしてですか」

小仏には見当がついていたが、きいた。

「じつは……」

西坂は観念したのか長年隠しつづけていたことを話しはじめた。それは奥尻島を襲った地震に遭って怪我し、その怪我が原因で死亡した伊達悠子のことだった。西坂と悠子のあいだには織江という名の赤ん坊がいた。

織江は二十七歳になって、ナイル精機の保育所で職員として働いていた。二月四日の夜、車に乗っている西坂に、『助けてください。保育所へきてください。早く』と織江が電話で叫んだ。西坂は車をとめて迷った。が、ハンドルを逆方向へきった。織江の身に一大事が起こったにちがいないと感じたからだ。彼女から『早くきて』などといわれたのは初めてだった。

保育所に着くと織江が使っている部屋へ飛び込むように入った。そこには四人がストーブを囲むようにすわっていた。男三人に織江だった。あとで分かったことだが男は、白井哲平、島根卓也、津和山加一。その三人は顔を隠すように俯いて黙っていた。三人の沈黙には冷たい雰囲気があったし、織江の目には涙がたまっていた。

西坂が名乗ると、三人の男は凍るような目を向けた。

西坂は、四人が激しいいい争いをしたのを感じ取り、なにがあったのかと男たちにきいた。四人の前には栗が置かれていて焼いて食べた跡もあった。西坂が織江の横にあぐらをかくと、彼女が栗を三つ四つ分けてくれた。男たちの目は織江に注がれていた。

島根が口を開いた。津和山を指差して、

「この人は、秋田市の犬山開発の社員で、潮瀬崎や帆掛島へ桟橋を渡して、観光の目玉にしようなんてバカげたことを計画しているんだ。岩場の自然が美しいから、春から秋にかけて観光客が大勢訪れている。岩の上へ架けられた桟橋を見た人は、自然を台無しにしたというに決まっている。男鹿半島には手つかずの自然が何か所も残っているので、観光客が集まるんじゃないか。会社は工事を請け負いたいので、桟橋や建物を建てたがっているだけなんだ。自然を破壊するような会社に勤めていることを恥ずかしいとも思わず、地元住民の説得にあたっている。自分のやっていることがどういう意味を持ってるか分かっていないんだよ、あんたは」

島根の声は次第に高くなった。

「そうだよ。犬山開発は男鹿半島に公害を持ち込むような企業なんだよ」

白井が唾を飛ばして、津和山をにらみつけた。

「あんたは、船川地区の家を一軒一軒まわって、潮瀬崎に桟橋を架ける計画に賛成してもらいたいっていっているそうだけど、賛成したい人なんて一人もいないだろ。賛成する人が皆無でも、桟橋を建設するつもりなのか」

島根が追い討ちをかけた。その声には憎しみがこもっていた。

「うるさい」

津和山が赤い目をして叫んだ。栗を焼くためにストーブの火に突っ込んでいた鉄の長い火箸を引き抜くと、津和山は島根の口めがけて突き刺した。島根は手足をばたつかせたが、火箸をくわえたまま動かなくなった。

織江は悲鳴を上げて両手で顔をおおった。

津和山はもう一本の火箸をつかんだ。白井が立ち上がって津和山の足を蹴った。西坂は津和山を羽交い締めにしようとしたが、はね飛ばされた。津和山は目を吊り上げて大声を上げると、白井の顔や口に焼けた火箸を突き刺した。

織江は部屋の隅へうずくまった。その彼女を津和山は仁王立ちしてにらんでいた。津和山の悪鬼のような形相を見た西坂は、危害が彼女におよぶと判断し、彼女の肩を抱いて外へ逃げた。津和山が追ってきそうに思われたので、彼女を車に乗せ、緩い坂を海に向かって下った——

海岸線に沿う道路を二時間ばかり走って車をとめた。波の静かな黒い海が広がっていた。頭の上には半月が浮き、星には手が届きそうだった。

織江は助手席で頭を抱えていた。ストーブの周りで発生した地獄の惨劇を思い出して凍りそうな思いを抱えているにちがいなかった。

『もうあそこへはもどれない。もどりたくない』

彼女はかすかな声でつぶやいた。

『いままでに、あの三人が集まったことがあったのか』

『三人が一緒になったのは、初めてです』

『あの三人は、おまえに好意を持っていたんだね』

『そう。休みの日に、どこかへいこうとか、一緒に食事をしようと誘われたことが何度も』

『だれが一番熱心だった』

『津和山さんです。秋田で食事を一緒にしたことがありましたし、結婚を考えたことがあるかってきかれたことがありました』

『今夜は、なぜ三人が集まったの』

『偶然です。最後にきたのが津和山さんで、島根さんと白井さんに向かって、潮瀬崎の岩場に桟橋を架ける計画を話しはじめたんです。その計画に島根さんは強く反対していました』

また二時間ばかり走り、寒風山の近くで眠った。夜が明けた。好天だったので標高三五五メートルの寒風山へ車で登った。営業期間外なので回転展望室には入れなかったが、三六〇度の眺望に目を奪われた。西坂は昨夜の惨事を忘れたように八郎潟干拓地や入道崎や、鳥海山や、白神山地などを指差した。

『お父さんは、おうちへ帰らなくては』

織江は気を遣った。

『家より警察へ連れていかれる。なにしろ男が二人殺された現場にいた者だから。いずれ警察へいくつもりだが、その前に以前から気にしていたことがあるので、それを……』

『気にしていたことって……』

『赤ん坊のときの怪我だというおまえの足のことだ。交通事故や作業中の怪我で手足が不自由になった人を診ている名医が、札幌にいるらしい。その医師におまえの足を診てもらいたい。治せるというかもしれない』

『うれしいけど、おうちへ帰らないと』

『家のことも、勤め先のことも気になっているが、おまえの足を医師に診せてから考えることにする』

そうして二人は高木整形外科医院を訪ねた。

高木医師に会った西坂は、ある事情から自宅を抜け出してきたので、伊達織江は保険証を持っていない、といって、彼の運転免許証を見せた。

高木医師は織江の足を丹念に診てから、

『なにかに長時間はさまれていたのでしょうね。手術をしますが、完全には治らない。でも正常に近い歩きかたができるようにはなります』

西坂が、織江の足を治してやりたい一心から高木医師を頼ったことを話すと、医師は時間をかけて診察して、丁寧な説明をしてくれた。そして医師は、じっと西坂の顔を見てから、織江を入院させることをすすめた。

西坂の頭からは、家族と勤務先のことがはなれなかったが、いまは織江の足を治してやることだけを考え、彼女を高木医師に委ねる決心をした。

入院した織江は、ここへくるまでの事情を少しずつ高木医師に語り、治療が終了したら警察に出頭するつもりだと、心がまえを話した。

彼女の入院中に、医院の裏方で雑事をやっていた女性が、夫の転勤先へついていくことになって退職した。そこで織江は高木医師から住み込みで裏方を務めることをすすめられたということだった。

　二人を殺害した事件現場から姿を消した津和山加一は、いったん角館にいたことが分かったが、消息不明になった、と小仏は西坂の表情を読みながら話した。

「新聞で島根という男の遺体が、角館の墓地で見つかったという記事を読みました。その男は島根卓也の弟だということでしたが」

　西坂はナイル精機保育所での事件と関連があるのだろうかときいた。

「角館で遺体で発見された島根和成は、角館に津和山加一が隠れているものとみて、東京からの帰りにあるところへ立ち寄ったものと思われます。あるところというのは、津和山の妹の住居です。和成は妹の住居を知っていたのだと思います」

「では、津和山に殺された……」

「たぶん、そうでしょう」

「津和山加一という男は、凶暴な性格なんですね」

　西坂は立ち上がると流しへいって水を飲んだ。

　彼は、小仏とイソを振り向いて、ここではお茶を出すこともできないといった。

「よかったら、近くの店で一緒に食事をしませんか」

　小仏が誘った。

　西坂は迷っているような顔をしたが、

「そうですね。では」

といって脱いでいた上着に袖を通した。

近所に居酒屋があった。店内はにぎやかでイカを焙っている匂いがただよっていた。

三人は衝立で仕切られた席であぐらをかいた。

ビールでよいかと小仏が西坂にきいた。

「ありがとうございます」

西坂は目をうるませ、しばらく酒を飲んでいなかったといった。

マグロの刺し身を食べると、これも久しぶりに口にしたのか、

「おいしいですね」

といった。小仏は黙ってうなずいたが、西坂を、根はやさしい性格では と見てとった。

イソは喉が渇いていたのか、一杯目を一気に飲み干した。彼はビールを飲み、刺し身を食べながら西坂を観察するように見ていたが、

「ナイル精機の保育所では大変な事件が発生したけど、西坂さんと織江さんは、男たちに危害を加えたわけじゃないんだから、逃げる必要はなかったんじゃないですか」

といった。

「あとで思えばそのとおりです。警察に連絡するか、警察署へいけばよかったんです。

……あのときは、ただあそこを逃げ出すことしか考えていませんでした。織江を連れ

て遠くへ逃げたかったんです。自棄になった津和山は、織江につかみかかるんじゃないかとも思えました。あのときの津和山の形相は、いまでも夢にあらわれます」

西坂は、ジョッキをつかんだ手を震わせ、冷静になれなかったといって、首を強く振った。

6

翌朝、西坂真治は君島木工所の社長に、秋田の警察へいってくることを断わった。

「私は、人に危害を加えてはいませんが、人が二人殺された現場に居合わせましたので、事件発生の経緯を話さなくてはなりません」

君島社長はうなずくと、

「しっかり説明してきてください」

といって奥へ引っ込んだが、すぐにもどってきて、白い封筒を西坂に渡した。握手をして、

「あなたは腕のいい木工職人なのだから、その腕を活かして、大切にすごしなさい」

といった。

西坂は社長の手をにぎったまま、頭を深く下げた。

西坂は、小仏たちとともに高木整形外科医院へいき、医師に会い、ある事件の説明に秋田の警察へ赴くことを話した。そのあとに医院の裏庭を掃いていた織江に会った。彼女は胸元で手を合わせ、目に涙をためたが、こくりと首を動かした。もどってくるのか、もどってはこられないのかを彼女はきかなかった。

西坂は、小仏たちと一緒に飛行機で秋田へ着き、男鹿署へ向かった。

一方、仙北署は湯浅ひふみの行動を監視していた。彼女は、秋田市の中心部に近い保戸野鉄砲町（ほどのてっぽうまち）のアパートへ立ち寄った。そこには津和山加一が潜伏していた。

加一は島根卓也の弟の和成を刃物で刺し殺し、角館の墓地に遺棄したことを追及されて自供した。和成は湯浅春奈が角館に住んでいるのを知っていて、東京からの帰りに彼女の住居をそっとのぞきにいった。そこを加一に見つかり、刺し殺されて、夜間に墓地へ運ばれたのだった。和成は、兄を殺したのは加一にちがいないとにらんでいた。それまでに和成は加一に何度も会っていた。加一の唱える海岸の開発には、真っ向から反対していた一人でもあった。

湯浅ひふみ、春奈の母娘も、加一が殺人を犯していたのを知りながら、かくまっていた罪で取り調べを受けた。

「あしたは東京へ帰れそうだな」

小仏はイソにそういいながら夕食のためにホテルを出ようとしたところへ、思いがけない来客があった。安田芳克の娘で十七歳の初枝と十五歳の息子の研造だった。

「わたしたちの父はきょう、警察へ連れていかれました。なぜなのか、父がなにをしていたのかを母にききましたけど、分からないといわれました。東京の小仏さんはホテルに泊まって父のことを調べているのを父の会社の人にききました。父がなにをしたのか、なぜ警察へ呼ばれたのかを知りたいんです」

利発そうな額をした初枝が、小仏の顔を真っ直ぐに見てきいた。

「私たちがこのホテルに泊まってるのを、どうして知ったの」

小仏が二人にきいた。

「父の会社の人に教えてもらいました」

小仏は姉弟をホテルのラウンジへ案内した。二人の前には、細長いグラスのジュースが置かれた。

「あなたたちのお父さんは、十年以上前に会社の大事な物を、会社で働いていたある女の人に渡したらしい。お父さんが女の人に渡した物によって、事件が起きた。その事件は未解決。それで警察はお父さんに、会社の大事な物を渡したのは事実かと、きこうとしているんだと思う」

「会社の大事な物って、なんですか」

研造がきいた。

「金属を加工するさいに使う薬品だ」

姉弟には薬品の見当がついたのか、暗い顔を見合わせてから、ジュースには口をつけずに椅子を立った。

小仏は、安田芳克から事情を聴いている秋田中央署の岸本刑事課長に電話した。

「安田は、十一年前、会社の食堂で働いていた湯浅ひふみに、工場の棚から盗んだ青酸加里を渡したことを自供しました。その約一年後、資産家の郡町夫婦が入道崎で、毒入りのにぎり飯を食べて死亡した。……安田は、ひふみが郡町家に出入りしていた時期があったことをつかんだ。その間に郡町家裏口の合鍵をつくっていた。夫婦を殺害して、夫婦が自宅に置いている現金を奪う目的で青酸加里を安田から受け取ったことを追及した。ひふみは安田のいうことを否定したが、彼は年に一度はひふみを訪ねた。にぎり飯に毒を入れて、ピクニックにいく夫婦に持たせたにちがいないといって、強請っていた。……安田が訪ねるとひふみは、少しふくらんだ封筒を彼の前へ突き出した。それの中身は、決まって五十万円。それを出すと彼女は、『さっさと帰ってくれ』と膝を立てていったそうです」

これで十年間捜査をつづけていた未解決事件は決着した。

ナイル精機の保育所別室で起きた事件も、西坂真治の供述によって、全貌(ぜんぼう)が明らかになるにちがいない。

小仏とイソは、世界三景といわれている寒風山の夕暮れを見にいった。全山枯草色の道路はくねくねと曲がっていた。ここは旧火山だというが、眠っているように穏やかだ。三脚を立ててレンズを日本海に向けているカップルが一組いた。ゆるやかにうねる起伏を越えた先に青い海が広がっていた。海に沈みかける夕陽を白い雲が何度か隠していたが、太陽が水平線上に浮かぶと、幕が開いたように雲が消えた。赤い陽は大きくなった。海面が赤く染まった。空も赤くなり、泣き叫ぶような夕焼けがはじまった。黒い烏(からす)が二羽、赤い海を横切った。

東京へ向かう列車のなかで、

「新宿ゴールデン街のだい好き屋へ、手紙を送ったのは、だれでしょうね」

とイソがいった。

「安田芳克じゃないかって思ったが、どうだろう」

小仏は、真面目に働いているようだが、裏の顔を持つ小太りの男を思い浮かべた。

湯浅ひふみは、大勢の社員のなかから安田芳克に注目して接近した。そして難題を持ち掛けた。難題を引きうけてくれなかったら彼女は、行方をくらますしかなかったろう。彼女には人を見る目があった。絵を描くし、編み物もする。多才だが、その才能はいびつにゆがんでいる。

小仏とイソが東京へ帰って十日目、アサオの頭を撫でていた小仏に封書が届いた。差出人は秋田市の西坂真治だった。

西坂は自宅へ帰ったという。そして元の勤務先の千秋工芸社へもどった。

［昨夕は、機械屋の水川慎一郎氏と角館の写真家の紙屋剛氏が訪れ、久しぶりに酒盛りをいたしました。

きょうは、札幌の高木医院に勤務している織江に電話しました。手術をしていただいた足は、もう痛まないそうです。ゆうべはカキの木の枝でウサギを彫ったといっていました］

と書いてあった。

四月になった。夜のテレビニュースを観ていた小仏は、思わず声を上げた。

男鹿半島の景勝地である潮瀬崎では、沖に向かって岩を橋脚にした桟橋の建設がすすめられていた。その建設は半分ほど海中へ延びていたのだが、昨夜、何者かの手によって破壊され、資材は現場に四散していたということで、現場の写真が映った。見憶えのある黒い奇岩群のあいだに、木材が散乱していた。暗い目をしてそれを眺めている地元の人が映った。一人は小仏とイソに細かくきざんだコンブのにぎり飯を馳走してくれた七尾家の主婦。もう一人は海辺の旅館・長楽館の娘の美佐子だった。

小仏の耳には、波の上で子を呼ぶ海鳥の声だけがきこえた。

２０２０年６月　ジョイ・ノベルス（実業之日本社）刊

本作品はフィクションであり、実在の個人および団体とは一切関係ありません。
（編集部）

実業之日本社文庫　好評既刊

梓林太郎
松島・作並殺人回路　私立探偵・小仏太郎
尾瀬、松島、北アルプス、作並温泉……モデル謎の死の真相を追って、東京・葛飾の人情探偵が走る！　待望の傑作シリーズ第1弾！（解説・小日向 悠）
あ31

梓林太郎
十和田・奥入瀬殺人回流　私立探偵・小仏太郎
紺碧の湖に映る殺意は、血塗られた奔流となった！――東京下町の人情探偵・小仏太郎が謎の女の影を追う、傑作旅情ミステリー第2弾。（解説・郷原 宏）
あ32

梓林太郎
信州安曇野　殺意の追跡　私立探偵・小仏太郎
北アルプスを仰ぐ田園地帯で、私立探偵・小仏太郎と安曇野署刑事・道原伝吉の強力タッグが姿なき誘拐犯に挑む、シリーズ最大の追跡劇！（解説・小梛治宣）
あ33

梓林太郎
秋山郷　殺人秘境　私立探偵・小仏太郎
女性刑事はなぜ殺されたのか!?　「最後の秘境」と呼ばれる秋山郷に仕掛けられた罠とは――人気ミステリーシリーズ第4弾。（解説・山前 譲）
あ34

梓林太郎
高尾山　魔界の殺人　私立探偵・小仏太郎
この山には死を招く魔物が棲んでいる!?――東京近郊の高尾山で女二人が殺された。事件の真相を下町探偵が解き明かす旅情ミステリー。（解説・細谷正充）
あ35

梓林太郎
富士五湖　氷穴の殺人　私立探偵・小仏太郎
警視庁幹部の隠し子が失踪!?　大スキャンダルに発展しかねない事件に下町探偵・小仏太郎が奔走する。傑作トラベルミステリー！（解説・香山二三郎）
あ36

梓林太郎
長崎・有田殺人窯変　私立探偵・小仏太郎
刺青の女は最期に何を見た――？　警察幹部の愛人を狙う猟奇殺人事件を追え！　下町人情探偵が走る、大人気トラベルミステリーシリーズ！
あ37

梓林太郎
旭川・大雪　白い殺人者　私立探偵・小仏太郎
北海道で発生した不審な女性撲殺事件。解決の鍵は、謎の館の主人が握る――？　下町人情探偵が事件に挑む！　大人気トラベルミステリー！
あ38

実業之日本社文庫 あ 3 17

男鹿半島 北緯40度の殺人 私立探偵・小仏太郎

2023年6月15日　初版第1刷発行

著　者　梓 林太郎

発行者　岩野裕一
発行所　株式会社実業之日本社
〒107-0062　東京都港区南青山6-6-22 emergence 2
電話 [編集]03(6809)0473 [販売]03(6809)0495
ホームページ　https://www.j-n.co.jp/
DTP　ラッシュ
印刷所　大日本印刷株式会社
製本所　大日本印刷株式会社

フォーマットデザイン　鈴木正道(Suzuki Design)

ISBN978-4-408-55808-0（第二文芸）